L'oreille absolue

Agnès Desarthe

L'oreille absolue

ÉDITIONS DE L'OLIVIER

ISBN : 978.2.8236.2166.2

Autour du bourg il y a la nuit. Au centre, la mairie. Un bâtiment modeste aux justes proportions, dont les fenêtres découpent des carrés orange dans la nuit indigo. Quelques décorations de Noël, loupiotes entrelacées dans les branches des micocouliers, oursons translucides éclairés de l'intérieur et lutins au bonnet rouge clignotant, ponctuent l'obscurité. Un chien aboie, puis deux. Un troisième répond. Et le silence se referme sur eux. La température baisse d'un degré. On passe sous zéro. L'herbe des talus s'enrobe de givre, les brins se raidissent en émettant de minuscules craquements. Les insectes enterrés perçoivent le carillon des tiges que le gel fige au-dessus d'eux.

Dans la salle des mariages qui est aussi celle du bureau de vote, le conseil municipal est réuni. Ils sont quinze autour de la table. Trois membres sont excusés, mais le fossoyeur Dodelin et le terrassier Taffanel ainsi que le gendarme Guillaume ont pris la place des absents. Monsieur le maire, que tout le monde appelle Monsieurlemaire, même ses petits-enfants, sent quelque chose entre ses côtes, comme une étreinte. Le cœur ou l'estomac, il ne saurait dire. Ses yeux le piquent, à cause du froid, peut-être. Pourquoi se sent-il oppressé ? Il l'ignore. Un souvenir ? Un sentiment de déjà-vu ?

– Bon, dit-il avec un soupir.

Tous le regardent. Ils espèrent une bonne nouvelle, une subvention inattendue, une ligne budgétaire exceptionnelle accordée aux communes de moins de 3 000 habitants, une surprise. Une année, il leur avait offert un vin chaud et des tranches de brioche italienne en forme d'étoile pour rien, ou plutôt pour compenser l'absence de chantiers palpitants. C'est un homme droit, optimiste. Ses mots favoris sont « équité » et « projet ». Il n'apprécie pas que le monde lui résiste. Ce monde nouveau que l'on dirait né d'un cauchemar. Parfois il lui semble s'être endormi au début de la pandémie, comme la belle du conte au doigt piqué par la quenouille. Mais à l'inverse de la princesse qui ouvre les yeux sur une fin des temps illuminée par le bonheur, il a l'impression d'avoir découvert au réveil un paysage qui, bien qu'inchangé, n'est plus le même, des visages qui, bien que familiers, sont altérés. Il ne saurait dire par quoi. C'est comme une ombre légère, un voile. Tout est là, mais flou.

– Chaque époque a son lot de difficultés, déclare Jeanine, sa femme, la seule qui ne l'appelle pas Monsieurlemaire. Tu sais bien, Titi. Pense aux enfants. Les enfants sont contents. Nous, on est tristes parce qu'on est vieux.

Le maire ne se sent pas vieux. Il n'établit aucun lien entre les chiffres qui écrivent son âge et les pensées qui occupent son esprit. L'électricité qui parcourt son corps n'a pas changé de voltage. Il est vif. Dans sa tête il est toujours un très jeune homme.

– Bon, répète-t-il d'un ton plus dynamique.

Ludovic, arrivé en retard, tente de lire les notes que Bianca a prises en début de séance.

Bianca, comme par un réflexe conservé depuis l'école, pose son avant-bras sur la feuille où rien n'est encore écrit.

Martin, tout juste sorti d'une grippe, tousse par saccades, moitié par habitude, moitié pour se rendre crédible en tant que convalescent.

Bertrand, dont la femme est allée consulter le médecin la veille parce qu'elle souffre de douleurs chroniques au ventre, a gardé son manteau. Il a taché sa chemise et n'aime pas avoir l'air négligé.

– On ne sait plus où les mettre, dit le maire.

Il accompagne sa phrase d'ouverture d'un grand mouvement de bras. Il les écarte dans un geste d'impuissance si brusque que les conseillers les plus proches de lui sursautent.

– Quoi ? demande Ludovic.

– Toujours en retard et jamais tu écoutes, lui reproche Bianca.

– Oh, ça va.

– Arrêtez de vous chicaner tous les deux, reprend le maire, les main posées calmement sur la table. C'est nos morts.

– Nos morts, quoi ?

– Nos morts, on ne sait plus où les mettre. Le cimetière est plein. J'ai convoqué Dodelin et Taffanel. Ils peuvent témoigner. Dodelin ? Taffanel ?

Le fossoyeur et le terrassier répondent à tour de rôle, comme s'ils se passaient une balle.

– Le cimetière est plein.

– On ne peut plus mettre personne dedans.

– Il faudrait que les gens arrêtent de mourir.

– Ou alors, il faudrait faire de la place.

– On est bien obligé. Le cimetière n'est pas extensible.

– Qui n'a pas renouvelé sa concession ? demande le maire. Mariette, vous avez le listing ?

– J'ai le listing.

– Alors ?

– Il n'y en a que deux.

– Deux qui ne l'ont pas renouvelée ?

– Non. Il n'y en a que deux qui l'ont renouvelée. Tous les autres sont logés gratis.

– Comment on va faire ? s'interroge Bertrand, les yeux perdus dans ceux du président de la République française dont le portrait trône au-dessus de la cheminée factice.

– Tirage au sort, propose le maire. Je ne vois que ça. Sinon on va avoir des remarques. Certaines familles ne s'aiment déjà pas beaucoup.

– Pour l'instant on a quand même réussi à éviter les meurtres, dit Ludovic, sourire en coin.

– Affirmatif.

– Merci d'être là, Guillaume. Pour les nouveaux, Guillaume est de la gendarmerie.

– C'est bon, monsieur le maire. On avait reconnu l'uniforme.

Tout le monde rit.

– Il faut commencer par les vieilles tombes. Voir s'il y a encore de la famille au village. S'il n'y a plus personne, on dégage. Vous avez les registres, Mariette ?

– J'ai les registres.

– Alors on s'y met. Il n'y a pas d'autre solution de toute façon. À notre prochain mort, on est marron. Ils ont intérêt à tenir.

– Le toubib a dit à ma femme que la grippe était mauvaise cette année.

– Moi, je l'ai eue. 40 de fièvre pendant une semaine.

– Pis t'es pas mort ?

– Non.

– Ben tu vois.

– Place aux questions diverses. Mariette, vous notez ?

– Je note.

Dans la rue qui longe la mairie, un tracteur passe, précédé d'un bras élévateur qui tient une balle de paille en l'air, de loin on dirait un monstre pourvu d'une énorme tête. C'est ce que pense Matis en sortant de la boulangerie avec son pain sur tôle bien cuit, comme le lui a demandé sa mère. Mais la seconde d'après, il se dit que ça ressemble à un dinosaure. Oui, plutôt un dinosaure à roulettes. Ça, c'est marrant, un dinosaure à roulettes, il aime bien. Sauf qu'en vrai, c'est juste un tracteur qui transporte une balle de paille. Rien de nouveau, rien d'extraordinaire. La vie nulle de d'habitude avec rien dedans, à part les crimes à la radio, mais on les voit jamais. Si seulement je pouvais être témoin d'un crime, pense Matis, ça me ferait un changement.

Les conseillers somnolent, tendent l'oreille quand on parle de la reconversion de certains terrains agricoles en lots constructibles ou d'un accès limité à la plage en raison d'un éboulement, puis se déconcentrent au moment des statistiques. On en vient à la création d'un CDI pour Jocelyne, et là, tous ont leur mot à dire :

– C'est évident.

– Elle s'occupe si bien des petits.

– Normal, elle compense.

– Qu'est-ce qu'elle a souffert.

– Elle est drôlement organisée.

– Mine de rien, elle a une sacrée autorité.

– Ça ne l'empêche pas d'être gentille.

– Moi, mes mômes, ils l'adorent.

– Moi, pareil. Et Jocelyne elle a fait ci et Jocelyne elle a dit ça.

– Ils savent qu'elle a du cœur, ils le sentent.

– Du cœur à revendre.

– Quel gâchis.

– Quelle misère.

– Une injustice, plutôt.

– Du coup, on la passe au smic ?

Douze mains se lèvent.

– Adopté à l'unanimité, note Mariette.

Dodelin sort un mouchoir à carreaux grand comme un torchon et se mouche bruyamment.

Les freins d'un vélo grincent. Tous grimacent. C'est comme un signal de départ. On range les stylos, on glisse les feuilles dans les maroquins, on se fait la bise. C'est long, tout le monde qui embrasse tout le monde, et puis le temps de dire Joyeux Noël et Bonne année, Toi, tu l'as déjà commandée ta bûche ? Cette année, j'ai décidé de la faire moi-même. Le prix des huîtres, non mais le prix des huîtres ! Moi j'aime pas ça, de toute manière, je vais servir des crevettes avec une mayo maison et c'est marre.

– Concert vendredi soir ! tonne le maire pour couvrir les bavardages. Aucune excuse acceptée. Le mot d'ordre de cette année, je vous le rappelle, c'est co-hé-sion. On resserre les rangs. On se tient les coudes. On laisse personne sur le bord du chemin.

Dodelin sort de nouveau son immense mouchoir. Personne ne sait s'il pleure ou s'il a un rhume. Bertrand se souvient qu'il avait une sœur. Une femme très grande, large d'épaules, deux fois la taille de Dodelin. Elle est morte à l'hôpital à l'époque où tout était bouclé. On n'avait pas le droit d'aller voir les malades. On ne veillait pas ses morts. Dodelin range son mouchoir. Il sourit à Bertrand, comme s'il avait lu dans ses pensées, et Bertrand ne sait plus, finalement, si la grande femme était la sœur du fossoyeur ou celle de quelqu'un d'autre, du maçon peut-être.

C'est un hiver où rien ni personne ne doit mourir. Les rosiers continuent de porter des fleurs, plus chétives qu'au printemps, moins parfumées qu'en été, aux pétales décolorés presque transparents. Les framboisiers laissent pendre leurs petits visages rouges, comme honteux, sous les feuilles recourbées.

Les oiseaux poussent leurs cris vigoureux au cœur de la nuit sans craindre les éperviers, pas plus que les martres ou les chats. Les mouches, gorgées de la canicule passée, poursuivent leur vol paresseux, insensibles au froid qui crispe pourtant la rosée du matin.

Gervais est tombé d'une branche en accrochant les décorations de Noël. Chaque année, sa maison est follement illuminée. C'est un défi qu'il se lance à lui-même et dont tout le village profite. Le paratonnerre est orné d'une étoile phosphorescente, les fenêtres soulignées de tubes lumineux, un tunnel de guirlandes multicolores mène du portail au perron, des plumes de paon géantes sont projetées depuis la fenêtre du salon sur le mur de la grange. Lorsqu'il a atterri sur le sol durci par le gel, le choc a arrêté son cœur. Une grive musicienne est alors venue lui picorer la lèvre, la prenant peut-être pour une limace, et ce bec-à-bouche fortuit a fait repartir la machine.

Alejandro et sa sœur Raquel se sont enfermés dans le coffre de la voiture lors d'une partie de cache-cache avec leurs cousins. Ariel, le plus jeune de la bande, en a eu assez de les chercher et a proposé aux autres de faire un Cluedo. Dans le garage du pavillon, Alejandro et Raquel ont commencé à avoir très chaud à l'arrière de la berline, puis l'air s'est mis à leur manquer. Par chance, leur mère, s'étant rappelée qu'elle n'avait pas de vin doux pour accompagner ses douze desserts, a décidé d'aller en ville pour en acheter. Elle les a entendus crier juste avant de tourner la clé dans le contact et les a délivrés. Les claques reçues resteront les meilleures de leur vie.

Finola McGreynord, la fille des propriétaires du gîte quatre épis La Poule aux Œufs d'Or, danse en agitant les mains au-dessus de sa tête. Ses coudes sont deux fois plus épais que ses avant-bras, la musique hurle dans ses écouteurs. Pendant ce temps, sa mère, convoquée par le service hospitalier qui la soupçonne d'avoir organisé l'évasion d'une adolescente pesant trente-trois kilos et cinq cent vingt grammes à seize ans et demi, se rend, ivre de culpabilité, au commissariat pour se constituer prisonnière, en conduisant beaucoup trop vite sur la D 940, route réputée la plus dangereuse du département.

Valentin, le chat que la rêveuse secrétaire de mairie Mariette Legarni a baptisé ainsi pour se porter chance en amour, mord bravement la patte qu'il s'est coincée dans un piège à renard et dont il faudra bien qu'il s'ampute, avec patience, sans dégoût, buvant à mesure le sang qui s'en écoule et n'établissant pas de lien entre la douleur qui le fait trembler d'un bout à l'autre de l'échine et les coups de dents qu'il inflige à sa chair.

Rien ni personne ne meurt. Ni Gervais ni Alejandro ni

Raquel ni Finola ni le chat de Mariette. Le jour lui-même ne ternit pas ; il règne, blanc et mat, de neuf heures à seize heures, avant de répandre sur la nuit un zeste de lumière argentée. « La lune ne décroît pas », dit Dodelin le fossoyeur à Taffanel le terrassier. Et Taffanel répond : « Non, elle décroît pas, elle croît. En tout cas, qu'est-ce qu'elle est grosse. » Et la lune énorme projette à terre, sur les mousses qui persistent malgré les bottes, les silex, les pneus des tracteurs et des autos – tout ce qui, sans le vouloir, les blesse et les écrase –, les ombres longues des deux hommes en conversation.

Vers seize heures quinze, le vendredi 18 décembre, alors que le soleil déjà orange venait cogner à toutes les vitres orientées à l'ouest, Matis sortit du groupe d'enfants qui se rendaient en rangs de l'école à la garderie, car il avait parié avec Lennon qu'il parviendrait à disparaître jusqu'à vingt heures. C'était, disait-il, un truc magique qu'il avait appris à faire en colo (il passait l'été chez ses grands-parents, dans la Somme, mais il trouvait que le mot « colo » procurait un lustre d'indépendance à son ennui estival).

– Comment tu vas faire pour disparaître ? avait demandé Lennon, à l'heure de la cantine.

– Ben, c'est dur à expliquer, vu que quand on disparaît personne nous voit.

– Et tu seras où pendant que tu auras disparu ?

– Je te raconterai en revenant.

– Et comment je saurai que c'est vrai ?

– Parce que ce sera évident.

– On parie quoi ? avait demandé Lennon.

– Cinq euros.

– Je les ai pas.

– T'auras qu'à les voler.

Les deux garçons s'étaient tapé dans la main pour sceller leur accord.

Tandis que Lennon levait les yeux vers un nuage que lui avait désigné son camarade en annonçant qu'il avait exactement la même forme que le cul de la maîtresse, Matis se glissa dans un recoin du mur d'enceinte de l'école qu'il avait repéré la veille, roula sur lui-même, comme il avait vu les policiers le faire dans les films, et se précipita dans une ruelle qui séparait deux maisons jumelles. Il courut sans se retourner – ça aussi, il l'avait vu dans des films de policiers –, courut jusqu'à avoir un goût de sang dans la bouche, et pénétra d'un bond dans la grange d'Exode Pasquier, à huit cents mètres en allant vers la mer. Le bâtiment, abandonné depuis longtemps n'avait plus de porte, mais son entrée était barrée par un rideau d'orties.

Un rideau qui ne tombe pas d'en haut, mais monte du sol, nota Matis en se demandant si, dans un cas pareil, la distinction entre stalactites et stalagmites s'appliquait. Il ne craignait pas les piqûres. Il ne craignait rien. Il était prêt pour les pires aventures.

Il reprit son souffle, penché en avant, mains posées sur ses genoux légèrement pliés. Il était fier de sa cachette. Personne n'entrait jamais là. Il songea à ce qu'il pourrait s'acheter avec les cinq euros que Lennon lui donnerait. Car il avait bel et bien disparu. Le pari était gagné. Personne ne savait plus où il était. C'est comme si j'étais mort, pensa-t-il. Et cela le fit sourire.

Pourtant, depuis le fond de la grange, quelqu'un le regardait. Un homme aux yeux bleus, au ventre énorme, le visage raviné par des rides en désordre qui lui donnaient une expression tantôt méfiante, tantôt innocente. L'homme tenait une corde. Une corde épaisse qu'il avait nouée patiemment pour créer une boucle, une boucle qui se resserrerait sous l'effet de la traction, l'effet du poids. Un nœud coulant.

Ça a du bon d'être gros, s'était-il dit le matin même en s'observant dans le miroir. Il avait remarqué, en étudiant son reflet (ce qu'il n'aurait jamais eu l'idée de faire un autre jour que celui-ci), qu'il avait les cheveux trop longs. J'aurais besoin d'une petite coupe, avait-il marmonné, et il avait secoué la tête, heureux. Rien n'avait plus d'importance. Ses cheveux continueraient de pousser après et il n'y aurait personne pour critiquer. Après, il ne serait plus obligé de rien. Personne ne le jugerait. Personne ne l'accuserait. Il ne serait pas sommé de payer. Il ne devrait aller à aucun rendez-vous. N'aurait besoin de répondre à aucun courrier. On ne lui recommanderait plus de se faire refaire des lunettes. Mais avec quel argent ? Et puis comment choisir la monture ? Et marre de se pointer chez l'assistante sociale pour un oui pour un non. Pas la peine d'aller à l'épicerie, pas la peine d'acheter les sardines pas chères, celles avec l'étiquette verte. Pas la peine d'aller au boulanger. Même pas la peine de fumer. Plus la liste s'allongeait, plus il se surprenait à sourire et cela faisait si longtemps que les muscles de son visage n'avaient pas accompli ce mouvement qu'il en aurait presque renoncé à son projet. Mais, non, non, il fallait tenir bon. C'était sa seule, sa dernière obligation, celle qui anéantirait toutes les autres.

Je m'appelle Raoul. Je suis ruiné. Je n'ai jamais su m'y prendre. Jamais. Avec rien. J'ai raté mon brevet, mon bac, mon permis. J'ai jamais eu de femme en dehors de… mais j'ai pas envie d'en parler. Forcément, j'ai pas d'enfants. J'habite dans la maison de ma mère. Avant, j'habitais avec elle, mais maintenant qu'elle est morte, j'habite seul. J'ai pas d'argent pour réparer le toit. J'ai essayé de remettre des carreaux en place sur les fenêtres où ils étaient cassés, mais j'ai tout salopé avec le mastic. J'ai plus d'argent du tout. Il y a beaucoup de choses à payer. Les papiers sont sur la table de la cuisine. Ça fait une pile. Mais la pile s'est cassé la gueule, alors j'ai décidé d'en finir. J'ai décidé de décéder. Tiens, c'est marrant ça. Décider de décéder. Est-ce que c'est de la poésie ? Depuis que je vais mourir, je me sens mieux. Je suis mieux. C'est comme si j'étais propre. Tout propre. Propre comme les enfants.

Qui c'est ce gamin ? Qu'est-ce qu'il fabrique ici ? Peut-être qu'il m'a pas vu. Peut-être qu'il joue à cache-cache. Ou alors, il est barré de chez lui parce qu'il avait peur du ceinturon. Si je reste sans bouger, il repartira. J'ai tout mon temps. Si je fais aucun bruit, il me verra pas. Je suis dans l'ombre.

Matis reprend son souffle. Il s'étire. Et soudain, il s'ennuie. Très fort. Il ne s'y attendait pas. Il pensait que disparaître serait une aventure. Mais une fois que c'est fait, il ne se passe rien de spécial. Ce n'est pas ce qu'il avait prévu. Il s'était monté la tête avec cette histoire de magie. Il avait cru à son propre mensonge et s'était dit, comme il espérait que Lennon se l'était dit, qu'il entrerait dans une autre dimension dès l'instant où il quitterait le groupe en route pour la garderie, une dimension où tout serait différent.

Dans cet autre monde, il n'aurait pas les dents en avant

entaillant sa lèvre inférieure, des grosses dents de lapin qui lui donnaient l'air idiot. Dans cette autre dimension, il aurait des bonnes notes, des bons points. Il n'y aurait jamais de traces d'herbe sur son pantalon, il mangerait du bifteck tout grillé dehors et tout rouge dedans, comme dans les publicités. Il prendrait l'avion pour aller en vacances avec une casquette sur la tête. Personne ne le frapperait et il ne frapperait personne. Il saurait nager. Il dirait « je vais chez le dentiste » et pas « je vais au dentis' » et il irait vraiment ; quelqu'un prendrait rendez-vous et quelqu'un paierait pour ses dents. Dans cet autre monde, ses affaires seraient bien rangées dans son cartable et ses chaussures n'auraient pas de trous. Il y avait cru. Et la déception lui faisait mal. Il avait cru que quelque chose changerait et qu'il le sentirait partout dans son corps.

Matis aime quand ça bouge. Il aime courir et sauter. Il aime retenir sa respiration et tout lâcher d'un coup. Quand on lui parle, il veut que ça s'arrête. Il ne peut pas attendre la fin de la phrase. C'est une torture pour lui. Parce qu'il n'y pas de surprise. Il sait toujours ce qui vient après. Il connaît la fin d'avance. Quand la maîtresse dit : « Sortez vos cahiers… », il sait qu'elle va ajouter : « … pour écrire la date ». Il ne comprend pas comment elle fait pour ne pas mourir d'ennui. Éclater sur place, d'un coup. Lui, c'est ce qu'il ferait. Il exploserait si, tous les matins, il devait dire : « Sortez vos cahiers pour écrire la date. » Pareil à la cantine : « Si tu ne termines pas ton assiette… », ça donnait toujours le même résultat. La fin de la phrase était forcément : « … tu iras au piquet ». Jamais on avait droit à quelque chose de nouveau, quelque chose d'original, comme : « Si tu ne termines pas ton assiette, des fleurs pousseront au cul des vaches. » Il fallait toujours que ce soit pareil. Même la météo. D'un côté : « brumes matinales, averses et ciel couvert », de l'autre : « 25 degrés en Corse ». Pourquoi il n'habitait jamais en Corse ? Il ne voulait rien. Il voulait tout. Il voulait que les choses se brisent, la casse, la casse, la casse. Tout péter. Il voulait aller s'asseoir en haut d'une colonne en pierre très ancienne, du temps des Romains, et réfléchir pendant tout le reste de sa vie sans manger, sans dire bonjour à personne. On tire la langue quand il pleut pour boire et c'est tout. Ça s'appelait la « méditation ». C'étaient des gens qui vivaient en termites qui faisaient ça, assis en tailleur sur un grand socle où personne venait jamais les embêter. C'était bien d'être noble comme ça, d'être calme comme ça. Il n'y arriverait pas, lui. Parce qu'il avait un trouble de l'attention. Il pensait à une chose et tac, direct, il pensait à autre chose. En fait, il était ultra-rapide. C'était ça son problème, la vitesse, et donc ses gestes. Les objets tombaient et se cassaient, et les gifles tombaient aussi, pour un verre, un vase, de la soupe renversée qu'était même pas bonne. S'il vivait en termite, il n'y aurait pas de soupe.

Qu'est-ce que c'est que ce gros type avec une corde ? Il me voit pas depuis l'autre bout de la grange. Il m'entend pas non plus, parce que les vieux comme ça, ça voit pas et ça entend mal. Qu'est-ce qu'il fiche là ? Peut-être que c'est un pédophile. Avec la corde et tout, il va m'attacher et me faire des trucs horribles, mais moi, je le mordrai et je lui planterai les doigts dans les yeux d'un coup, pour le tuer de toutes mes forces. Il me fait pas peur du tout. Les gros comme ça, c'est pas fort en fait. C'est juste gros. Quand je vais raconter ça à Lennon, ce sera la grande réussite. Mais le mieux, ce serait qu'il m'assassine. Que le gros bonhomme me massacre et comme ça, je serais dans le journal et à la télé et tout le monde parlerait de moi et on dirait « Oh, le pauvre Matis » et on trouverait que j'étais mignon, en fait, avec mes dents. Et Lennon dirait qu'il était à l'école avec moi, et le journaliste, il lui demanderait mes dernières volontés, parce que Lennon était le seul à m'avoir vu vivant avant que je disparaisse, à part le monstre sanguinaire, mais lui, il serait mort dans un cachot, donc personne ne lui parlerait, et Lennon il ferait son frimeur, et ça, ça m'énerve. Donc finalement, pas d'assassin, pas de massacre. Faut que je trouve une autre idée.

Raoul ne bouge toujours pas. Il croit ne pas avoir cligné des yeux depuis l'arrivée du gamin. Et le gamin ne bouge pas non plus. S'il le voyait, il fuirait. Voir et être vu sont deux choses bien différentes, songe Raoul. Il avait remarqué ça un jour, avec sa mère, alors qu'il était encore un petit enfant. Il ne se voyait pas dans le miroir, mais il y voyait sa mère. Ils étaient tous les deux dans la salle, là où il y avait le coin cuisine avec le tub. Le tub, c'est comme ça que sa mère appelait la bassine en fer où elle le lavait, le dimanche matin. Raoul était assis dans le tub tandis que sa mère faisait chauffer de l'eau dans une casserole pour le rincer. Il y avait un miroir en trois morceaux accroché au mur et il voyait sa mère dans le morceau du milieu. À un moment, il avait tiré la langue et elle lui avait dit : « C'est pas beau de faire ça à sa maman. » C'était comme si elle avait eu des yeux dans le dos ou qu'elle avait lu dans ses pensées.

– Mais comment tu sais ? lui avait-il demandé. Plusque je suis pas dans le miroir.

– On dit pas « plusque ». On dit « puisque ».

– Comment tu sais, puisque je suis pas dans le miroir ?

– Moi, je te vois dans le miroir.

– Non, c'est moi qui te vois dans le miroir. C'est ta tête qu'il y a dedans. Ma tête, elle est en bas, dans le tub.

– Ta tête, avait répondu sa mère, et cela était demeuré une énigme durable, elle est partout où je la vois.

Raoul se rappelait bien le visage de sa mère. Une face large, avec des yeux ronds bleus et rieurs, de grandes joues rouges et une bouche minuscule qu'il avait toujours trouvée très distinguée. Personne ne disait que sa mère était distinguée. Les gens disaient que sa mère était grosse. Mais lui qui passait beaucoup de temps à la regarder dans le miroir, croyant qu'elle ne le voyait pas, la trouvait belle. Il ne se lassait pas de la regarder. La regarder n'était jamais assez long. Comme quand on a très soif et qu'on boit, on a encore soif après. Et ce n'était pas seulement son visage qui était beau. Son corps aussi, qui était comme un bloc, tellement énorme qu'on avait l'impression que le tissu de la robe allait craquer. Les autres mamans n'étaient pas comme le sienne. On voyait leurs os en bas du cou, et aux poignets et aussi aux chevilles. Sa mère, c'est comme si elle n'avait pas eu d'os. Tout était courbe et ça tenait en place, c'était solide. Pas besoin de squelette. Les fleurs de sa robe étaient étirées au maximum et ça aussi, c'était beau.

Raoul se dit que s'il y avait un miroir quelque part dans la grange, il pourrait vérifier. Peut-être que, même si on était pile en face, mais un peu dans l'ombre, l'autre ne nous voyait pas.

Si ce gamin me voyait, se répétait-il, il aurait peur. Avec la corde, et tout. Ses yeux sont plantés droit dans les miens, mais ça ne veut pas dire qu'il me voit. C'est même le contraire. Ça veut dire qu'il ne me voit pas. Le truc, c'est de surtout pas bouger.

Faut que je trouve une idée, songeait Matis. D'habitude, j'en ai plein. J'en ai trop, des idées. Mais là, c'est vide. Ma tête est vide comme si elle était plate. Tout ce que je sais, c'est que le gros bonhomme ne va pas me massacrer. Hors de question. Pour que Lennon devienne un héros dans le journal, alors là, sûrement pas. Lennon est complètement nul. Il a une voiture télécommandée et il sait même pas la faire marcher. Il la fait rouler tout lentement pour pas l'abîmer soi-disant, mais en vrai c'est juste parce qu'il sait pas comment faire. Moi, si j'avais une voiture télécommandée, je la ferais rouler tellement vite qu'elle remonterait sur le mur d'en face, et paf, elle retomberait sur le toit et elle repartirait et elle foncerait dans la porte, et bim, elle exploserait la porte. Si je fonce dans le gros type à toute vitesse comme si j'étais télécommandé par un alien, je peux le faire tomber et je lui marche sur la tête avant qu'il se relève et je ressors par l'autre côté. Ça, c'est une idée.

Mais Matis demeure immobile. Son plan d'évasion se dissout. Son rêve de télécommande s'évanouit et, de nouveau, c'est le vide. Quelque chose en lui s'apaise. Il ne s'en rend pas compte tout de suite parce qu'il est trop habitué à l'agitation. Une torpeur, qui n'est pas seulement un mot dont il ignore le sens, mais une sensation dont il ne sait pas qu'elle porte un nom, le gagne. Il respire plus lentement. Ses épaules ne remontent pas jusqu'à ses oreilles, ses poings se desserrent, ses lèvres s'entrouvrent et ses dents, qu'il essaie toujours de cacher, ses grosses dents qui lui donnent l'air idiot, ne paraissent plus si grosses, ni si en avant. Elles ornent son visage. Elles l'ouvrent comme deux minuscules portes d'ivoire au pied d'un palais. Et justement quelque chose s'écarte, quelque chose se fraie un chemin et, avant que Matis en ait pris conscience, sa voix s'élève dans la grange. Une voix qu'il n'a jamais entendue et qu'il ne reconnaît pas, bien que ce soit la sienne. Boum boum bim baba bim bam boum.

À cinq cents mètres de là, madame Logier, grande, longue, le dos tordu, les jambes arquées, décoiffée, un œil ici, un œil là, deux polaires par-dessus un pull, par-dessus un gilet, par-dessus un tricot de corps, parce qu'elle a toujours froid, demande à la dame de la garderie : « Où qu'est Matis ? »

La dame de la garderie est très embêtée parce que Matis n'est pas dans le préau. Matis n'est pas dans la cour. Matis n'est pas aux toilettes.

Elle n'avait pas remarqué son absence. Elle avait seulement noté qu'il y avait moins de bruit que les autres jours, qu'elle avait eu le temps de dire aux enfants de regarder le joli soleil qui se couchait sur le champ, là-bas au loin, derrière la cour de l'école et que les enfants avaient soupiré : « Oooooooooooh ! » Chacun avait pris son goûter. On avait lu des livres et fait des coloriages. Pas une chaise n'avait été renversée, pas un doigt ne s'était coincé dans la porte. Personne n'avait pleuré. Personne ne s'était plaint. La dame de la garderie avait pensé que c'était l'approche de Noël, la magie de Noël, comme ils disent à la télé, et elle s'était sentie reposée comme jamais, comme si la vie était devenue simple, que tout était à portée de main, qu'il y avait de l'argent pour payer les factures, un frigo plein, une maison propre et plus de guerres, jamais, nulle part. Elle avait noté toutes ces choses et elle avait été surprise d'avoir le temps de les examiner. Mais elle n'avait pas remarqué que Matis n'était pas là.

– Où il est, mon fils ? Il a pas pu disparaître, quand même ?

À ces mots, Lennon lève la tête. Où va-t-il trouver les cinq euros ?

Il a perdu. Matis a gagné.

Matis avait dit la vérité. « Ce sera évident. » Et c'était évident. Matis avait disparu. On allait appeler la police, les pompiers, une ambulance. Il y aurait des tas de pin-pon pin-pon et lui, Lennon, devrait trouver cinq euros. Sinon… Sinon quoi ? Lennon n'aurait su le dire. Mais ce dont il était certain, c'est qu'il n'avait pas le choix.

Alors pendant que la mère de Matis repose une fois, deux fois, cent fois la même question à la dame de la garderie, pendant que les autres parents arrivent et font la queue pour reprendre leur enfant, parce que la dame de la garderie pleure, la tête dans les mains, et que tout le monde demande : « Qu'est-ce qu'y a ? Qu'est-ce qu'elle a ? Qui c'est qu'a disparu ? Qui c'est qu'est mort ? », Lennon s'accroupit, puis marche à quatre pattes jusqu'au sac à main ouvert derrière le bureau, fouille dedans, en surveillant d'un œil que personne ne le voit, et attrape le porte-monnaie en cuir usé de Jocelyne, que les grandes personnes appellent la dame de la garderie.

La nuit tombe, le froid monte, la lune se lève. Le village, avec son clocher dont on ne distingue que quelques ardoises luisantes de givre, le village, avec ses douze réverbères qui percent l'obscurité comme des boutonnières, est tout petit au milieu des champs nus. La terre retournée fait monter sa vapeur au ras du sol, les lombrics rampent dans cette mince épaisseur de brouillard et on pourrait presque entendre le glissement de leurs corps annelés qui s'étirent et se rétractent parmi les grains d'humus couleur de café.

Les sirènes ont retenti. Les moteurs ont vrombi. Les portières des voitures, des camionnettes ont claqué. Le maire a dit au gendarme Guillaume : « Faudrait qu'on le retrouve vite. Avant Noël, ça la fout mal, un enfant qui disparaît. Même si c'est celui-là, parce qu'entre nous, c'est pas un cadeau. Et puis Jocelyne mérite pas ça. Elle a pas une vie facile, croyez-moi. C'était y a combien ? Dix ans ? Quinze ? Bon. Et puis il y a le concert ce soir à la salle des fêtes. Ma femme est très impliquée là-dedans. Depuis qu'elle s'est mise au hautbois, plus rien n'existe. »

Le silence a grandi d'un côté à l'autre de la rue, à mesure que les volets se fermaient contre le froid, lamelles en plastique qui se déroulent, panneaux de bois qui grincent, et que les interrupteurs s'actionnaient, plafonnier qui transforme une cuisine en aquarium illuminé, ampoule qui isole un coin du salon dans un halo ambré.

Dans certaines chambres des environs, on vérifie les partitions, on referme les glissières de l'étui, on ajuste le nœud de cravate, on se peigne, on se maquille, on perce un bouton, on vérifie que le costume n'a pas de taches. Ne pas oublier le chiffon. Prendre l'accordeur. On se prépare comme pour un casse. Chaque détail pèse. Le cœur commence à battre un peu plus vite, un peu plus fort. La joie grandit. On regarde l'heure. On se demande si on a le temps de retravailler la mesure 12, du troisième morceau, celle où on doit enchaîner le triolet avec les deux sextolets de doubles. On a les lèvres et la gorge sèches. Les mains froides. Les oreilles chaudes. On décide que ce n'est pas la peine de cirer les chaussures, pas le temps. Mais la seconde d'après, on a la brosse dans une main et le cirage dans l'autre. La dernière répétition était ratée, mais le chef a dit que c'était bon signe. Le chef dit toujours que c'est bon signe. Ses yeux brillent sous les sourcils et même quand on a le regard vissé sur la partition, on distingue ses prunelles à travers le papier. C'est comme si chaque note, chaque petit cercle noir ou cerclé de noir, devenait un de ses yeux. Mais quand on lève la tête et que l'on croise son regard pour de bon, c'est différent. Complètement différent.

– Boum boum bim baba bim bam boum, répète Raoul sans le vouloir à la suite de Matis. Comment tu connais ça ? demande-t-il au petit garçon qui avance vers lui en chantant de nouveau : Boum boum bim baba bim bam boum.

Matis marche en rythme sur cet air martial. Il lève les genoux et sautille sur le baba bim.

– C'est toi qui le joues, espèce de cornichon ! s'écrie-t-il en courant de plus en plus vite pour rejoindre le gros monsieur.

Il l'a reconnu. Ce n'est pas n'importe quel gros monsieur. C'est le gros monsieur de l'orchestre, celui qui est toujours au fond. Dans les défilés, il est derrière. Aux concerts, on ne le voit presque pas parce qu'il y a tous les autres devant lui avec leurs instruments qui brillent, en forme de pipe, en forme d'arrosoir, en forme de tuyau, des dorés, des argentés, des cuivrés. Mais lui, Matis, ce qu'il aime, c'est le gros son grave qui sort du gros monsieur derrière : Boum boum bim baba bim bam boum.

Avant, quand sa mère l'emmenait écouter l'harmonie, il se bouchait les oreilles parce qu'il y avait trop de notes qui fonçaient sur lui de partout. Comme sa mère ne l'emmène jamais nulle part, il était content malgré tout d'y aller. Ça faisait un genre de fête, avec les applaudissements et tout, et puis il pouvait se coucher tard et comme il n'est jamais fatigué, c'est mieux pour dormir quand il se couche tard. Mais c'était difficile de rester là, assis, sans bouger, surtout avec cette mitraillette de notes qui, en plus de la musique qu'elles faisaient, hurlaient leur nom toutes en même temps. Il avait essayé d'expliquer à sa mère. Elle lui tapait sur les mains quand il les plaquait sur ses oreilles.

– Moi non plus, j'aime pas ça, grognait-elle. Mais faut se forcer. Quand on aime pas la musique, faut se forcer.

– C'est pas que j'aime pas. C'est que ça fait trop de désordre avec les *do* et les *fa* et aussi le *si* très aigu qui fait encore plus mal parce que c'est pas tout à fait un *si*.

– Qu'est-ce tu racontes ? D'où tu connais les notes, d'abord ?

C'était son père qui les lui avait apprises. Mais ça, Matis ne pouvait pas le dire. Parce qu'il ne fallait jamais, jamais parler de son père à sa mère. Heureusement, depuis qu'il avait découvert le Boum boum bim baba bim bam boum et qu'il était parvenu à l'isoler de tout le reste, il supportait d'écouter sans bouger, sans avoir à se boucher les oreilles. Il se concentrait sur ce qui sortait du tuba que tenait le gros monsieur, rien d'autre. Parce que les notes jouées par le tuba jaillissaient sans hurler leur nom.

Comme il voit le gamin s'élancer vers lui, Raoul se demande s'il doit ouvrir les bras et se baisser un peu pour l'attraper et le faire tourner dans les airs comme sur un manège. Il a déjà vu des messieurs faire ça avec des enfants ; les papas font ça. Mais il aurait trop peur de le lâcher. Il n'a jamais su s'y prendre, avec rien. Alors il ne bouge pas. Il reste là, avec sa corde épaisse et le nœud coulant dans la main droite, et la gauche qui se met à trembler. Raoul ne sait pas bien pourquoi. Peut-être parce que son cerveau est envahi d'autres images de ce que des messieurs font avec les enfants. Mais ces messieurs-là, il ne les a jamais vus. Il ne sait rien d'eux. Il ne veut rien savoir. Il faut que ça sorte de sa tête. Il ne faut pas qu'il y pense. Il serre la corde dans son poing, comme un fou, comme si c'était un serpent venimeux qu'il fallait étrangler.

– Qu'est-ce que tu vas faire, avec ça ? demande Matis qui n'est plus qu'à trois pas de Raoul et pointe l'index vers la corde. Tu vas te pendre ? Moi, mon père, il s'est tiré une balle. Et ma mère l'aime beaucoup depuis qu'il a fait ça. Avant, elle l'aimait pas tellement.

– Je ne suis pas marié, répond timidement Raoul.

– Alors ça sert à rien que tu te pendes.

– J'ai pas de gosses non plus.

– Pourquoi ?

– Je sais pas.

– Peut-être que c'est parce que t'as pas de femme.

– Peut-être, dit Raoul.

Un silence s'amorce et dure. Un silence qui ne dérange personne. Comme si tout avait été dit et bien dit.

– Bon, on y va ? propose Matis, un instant plus tard, en donnant un petit coup du bout de sa chaussure dans un monticule de foin qui s'éparpille.

– Où ça ?

– Y a concert ce soir. T'as pas oublié, j'espère ? Parce que moi, si t'y vas pas, j'y vais pas. Boum bam boum baba bim bam boum. C'est le meilleur moment. C'est les notes pures. Et aussi l'autre où tu fais *ré ré ré ré ré.*

– Comment tu sais que c'est un *ré* ?

– Tout le monde le sait, tout le monde l'entend. Comment tu sais si c'est le jour ou la nuit ? Si y a un chien qui aboie, tu crois pas qu'il fait miaou ?

– Tu connais le nom des notes ?

– J'ai pas besoin de le connaître, elles le disent. Elles font leur son et en même temps, elles crient leur nom de note. Mais pas toi.

– Quoi, pas moi ?

– Toi, quand tu joues, il y a que le son. Y a pas le nom. Comment ça se fait ?

– Aucune idée.

– C'est parce que tes notes sont évidentes. Tu sais ce que ça veut dire, évident ? Moi, j'adore quand c'est évident. Quand j'ai disparu, c'était évident.

– Quelle heure il est ? demande Raoul, qui songe que c'est un bien étrange petit garçon qu'il a trouvé là. Mais, comme il n'a jamais parlé avec un enfant, sauf à l'époque où il était enfant lui-même – et encore – il se dit qu'ils sont peut-être tous comme ça.

– Il est l'heure d'y aller, répond Matis. L'heure où ma mère va m'envoyer valdinguer contre le mur parce que j'ai disparu, mais je m'en fiche, j'ai gagné cinq euros.

– Tu es courageux, remarque Raoul.

– Oui. Très courageux. Et toi ?

Raoul réfléchit. Personne ne lui pose de questions d'habitude. Personne ne s'intéresse à lui.

– Non. Je ne crois pas, finit-il par dire.

Matis montre la corde.

– T'as le courage de ça. C'est un grand courage.

– Ça ? fait Raoul, comme si c'était la première fois qu'il voyait la corde et son nœud coulant.

– Ça, c'est la vraie disparition.

Matis prend la corde des mains de Raoul et la passe autour de son cou.

– Dis donc, c'est lourd, remarque-t-il d'un ton admiratif.

Raoul a de nouveau les mains qui tremblent. Il se demande ce qu'il doit faire. Tout lui avait paru si simple. On lance la corde par-dessus la poutre plusieurs fois pour l'enrouler, on l'accroche solidement, ensuite on la passe autour de son cou, on monte sur le rebord de la mangeoire et on tombe. C'était ce qu'il avait prévu ; dans les moindres détails. Il avait tout répété dans sa tête. Il avait même pensé à enduire la corde de savon pour que ça glisse mieux. Mais voilà qu'on l'a sorti de ses rails. Il regarde la corde autour du cou de l'enfant. On lance la corde par-dessus la poutre plusieurs fois pour l'enrouler, on l'accroche solidement, ensuite on fait grimper le gamin sur le bord de la mangeoire et il tombe.

Le gosse serait content, plus la peine d'aller à l'école, plus la peine de se faire valdinguer contre le mur par sa mère, plus la peine de traîner dans le village à la nuit tombée. Mais lui, Raoul, il devrait continuer et il n'avait aucune idée pour la suite, parce que c'était comme ça que son histoire devait se terminer : au cimetière. Dodelin qui creuse la tombe, vu que c'est lui qui a toujours creusé les tombes au village et qu'ils étaient en classe ensemble quand ils étaient petits, chez monsieur Mauriceau qui ne les aimait pas, ni lui ni Dodelin.

– Bon, tu viens, dit Matis en prenant la main de Raoul. T'as même pas encore ton costume, ni ton instrument. Faut qu'on passe par ta maison.

L'enfant enlève la corde qu'il avait autour du cou et la laisse tomber sur le sol. Sa chute produit un bruit sourd et compact. *Sol* dièse, fait la corde en tombant, mais aussi serpent tombé d'une branche dans son sommeil. Serpent venimeux, assommé parmi les brins de paille.

La lune énorme et encore basse dans le ciel déroule les ombres en rubans noirs sur le gris de la route. Matis et Raoul avancent côte à côte, main dans la main. Raoul pense au poids de la corde dans sa main quand il marchait vers la grange, à présent remplacé par celui des doigts de l'enfant. Il se dit que c'est exactement le même poids, un poids qui se détermine en fonction d'un système de mesure différent de celui qu'on utilise d'habitude. Il ne s'agit pas de grammes, de kilos, de tonnes. L'unité de mesure a pour initiale la lettre *d*. Un petit *d*, comme au début du mot destin. Les phrases ne se forment pas exactement comme ça dans la tête de Raoul. Ce ne sont pas des phrases. Ce sont de grands flots d'amour et de gratitude qu'il ne saurait nommer. Simplement, il les sent.

À dix-neuf heures quarante-cinq, les portes de la salle des fêtes s'ouvrent. Mesdames Podevin et Gardanel ont le même pull-over en mohair avec des perles rebrodées. Elles s'en rendent compte en enlevant leur manteau, elles s'examinent, se sourient, puis se mettent à rire et les gens autour d'elle, qui assistent à ce duel moelleux et sans paroles d'une rangée à l'autre, rient aussi. Tout le monde est de bonne humeur. C'est le concert. On vient voir la petite. On vient voir le petit. On vient voir la cousine, la tante, l'oncle, la grand-mère, le papi. On vient écouter l'orchestre d'harmonie jouer la musique d'un film d'amour qu'on avait beaucoup aimé, et aussi celle d'un film de guerre qu'on avait trouvé trop violent, mais c'est une bonne idée pour le répertoire, ça plaira aux jeunes. On vient entendre les chansons anciennes et nouvelles et des belles musiques qui serrent le cœur, des airs qui portent un nom latin que le chef prononce avec l'accent du Midi pour faire rire le public. On aura peut-être envie de danser à certains moments, alors on tapera dans les mains, en rythme, encouragé par le chef. On oubliera tout.

La dame de la garderie a retrouvé le sourire. Tout le monde vient lui parler de la disparition de Matis et personne ne pense qu'elle a failli à sa tâche. On sait que Jocelyne a eu du chagrin autrefois et les gens respectent sa souffrance comme une chose sacrée, une chose immense, qui les dépasse et les ennoblit.

Madame Logier caresse la tête de son garçon. Elle lui écrase les cheveux du plat de la main. Elle était sûre qu'il réapparaîtrait. Mais elle a été contente que les gendarmes viennent chez elle, surtout le gendarme Guillaume qui est beau comme à la télé. Elle leur a offert un café. Ils ont vu qu'elle avait le sens de l'hospitalité. Matis est arrivé tout frais du dehors, tout rose, avec une odeur de paille sur les joues. Elle l'a serré fort contre elle. Elle ne l'a pas puni. Elle n'a pas crié. Raoul qui a raccompagné son enfant a dit qu'ils n'avaient pas vu l'heure, que Matis l'avait aidé à repasser sa musique. Madame Logier sait que ce n'est pas vrai. Mais elle a confiance en Raoul parce que la mère de Raoul était une voisine de sa grand-mère et que c'était une femme bien.

– Il est doué pour la musique, votre fils, dit-il.

Il s'étonne de parler à une femme. Sa voix ne tremble pas.

– C'est de famille, dit madame Logier en écrasant de nouveau les cheveux de l'enfant du plat de la main qu'elle a pris soin de mouiller de salive.

– Vous êtes musicienne ? demande Raoul, comme s'il était un homme ordinaire, alors qu'il sait très bien, au fond, qu'il est différent, qu'il n'a jamais su s'y prendre. Avec rien.

Madame Logier lève son regard vers lui. Un œil se fixe dans la prunelle droite de Raoul, l'autre au niveau de son épaule gauche, si bien que le gros homme s'époussette machinalement et, se rendant compte de sa méprise, marmonne un jemescuse. La mère de Matis n'a rien remarqué. Elle n'est jamais très concentrée. Elle vit dans une espèce d'affolement perpétuel.

– C'est son père, dit-elle.

Et pour Matis qui ne connaît pas ses conjugaisons, le présent de l'indicatif du verbe être fait soudain revivre, comme par magie, Cédric Logier, son papa, qui lui a appris les notes en cachette, jouait du piccolo dans le garage, enfermé dans sa voiture parce que sa femme ne supportait pas ce boucan, et s'est tiré une balle de carabine dans la tête un vendredi soir, jour de répétition de l'harmonie, après qu'elle avait jeté l'instrument dans le poêle à charbon en hurlant : « Tu sais où tu peux te la mettre, ta musique ? »

C'était un hiver lumineux et sec où rien ne semblait vouloir mourir. Les rosiers continuaient de porter des fleurs, plus chétives qu'au printemps, moins parfumées qu'en été, aux pétales décolorés presque transparents. Les framboisiers laissaient pendre leurs petits visages rouges sous les feuilles recourbées.

Les oiseaux lançaient leurs cris vigoureux au cœur de la nuit sans craindre les éperviers, pas plus que les martres ou les chats. Les mouches, gorgées de la canicule passée, poursuivaient leur vol paresseux, insensibles au froid qui crispait pourtant la rosée du matin.

Antonio Rodriguez, parti chasser avec son beau-père à l'aube, s'était assis sur une souche pour croquer dans le casse-croûte que lui avait préparé Maud, sa femme depuis dix ans, avec qui il élevait huit enfants dont certains n'étaient pas de lui, mais qu'importe, il les adorait et adorait sa femme, une jolie rousse joufflue de partout qui préparait les meilleurs sandwichs du monde. Comme il s'était recroquevillé contre le vent, son brassard fluo ne le distinguait plus des autres créatures des bois. À quelques mètres de là, Alfred Cardon, son beau-père, roux lui aussi, joufflu comme sa fille et bon vivant comme elle, avait tiré, croyant avoir débusqué un sanglier. À l'instant où la balle aurait dû se loger dans son crâne, Antonio s'était penché pour observer la procession de fourmis qui se chargeaient de transporter les miettes. Les débris de pain sont plus lourds que les insectes, avait-il pensé, se penchant encore davantage, à demi prosterné devant ce prodige d'agilité et de force. Il avait alors cru sentir quelque chose dans ses cheveux, juste après ou juste avant la détonation. Il n'aurait su dire. Il s'était jeté au sol par réflexe. Quand il avait relevé la tête, il avait vu son beau-père courir vers lui en agitant les bras et en criant : « Mon fils ! Mon chéri ! J'ai tué mon fils ! J'ai tué mon chéri ! » Antonio avait été touché par cet amour inattendu et explosif, comme une balle perdue.

Gontran Galop, que l'on avait retrouvé inconscient derrière sa haie où il gisait par suite d'un faux mouvement au moment de tailler sa charmille, reprenait du poil de la bête. C'est ce que le chirurgien avait assuré à madame Galop, trois jours après l'opération. Le soir de l'accident, il avait dit à son épouse en rentrant de l'hôpital : « Une chance pareille, je n'ai jamais vu ça. » Car le taille-haie, après s'être échappé des mains du patient et lui avoir cisaillé la cuisse, était retombé sur la plaie, pratiquant une compression fortuite qui avait sauvé Gontran de l'hémorragie.

Personne n'aurait cru, dans le service d'oncologie, que Véronique N'guyen survivrait à sa dernière chimio. Elle avait tant maigri. Pourtant, elle avait remonté la pente, à pas minuscules. Sa grand-mère, madame N'guyen, avait montré à l'infirmière des boulettes semblables à des crottes de lapin et lui avait fait comprendre (elle ne parlait pas français et l'infirmière d'origine sénégalaise ne parlait pas le vietnamien) que ces comprimés élaborés selon une recette maison avaient accéléré la guérison. Fatou, encouragée par l'aïeule, en avait goûté un, étonnée par le parfum de poisson fumé. Le soir même, elle était allée danser en boîte de nuit, alors qu'elle ne sortait jamais, et était tombée amoureuse, elle qui croyait avoir renoncé aux hommes, de Jérémy Dray, frappé d'un coup de foudre réciproque.

Valentin, le chat que la rêveuse secrétaire de mairie Mariette Legarni avait baptisé ainsi pour se porter chance en amour, mordait bravement la patte qu'il s'était coincée dans un piège à renard et dont il faudrait bien qu'il s'ampute, avec patience, sans dégoût, buvant à mesure le sang qui s'en écoulait et n'établissant pas de lien entre la douleur qui le faisait trembler d'un bout à l'autre de l'échine et les coups de dents qu'il infligeait à sa chair.

Rien ni personne ne mourait. Ni Antonio ni monsieur Galop ni Véronique, pas plus que le chat de Mariette. Le jour lui-même ne ternissait pas ; il régnait, blanc et mat, de neuf heures à seize heures, avant de répandre sur la nuit un zeste de lumière argentée. « La lune ne décroît pas », disait Dodelin le fossoyeur à Taffanel le terrassier. Et Taffanel répondait : « Non, elle décroît pas, elle croît. En tout cas, qu'est-ce qu'elle est grosse. » Et la lune énorme projetait à terre, sur les mousses qui persistaient malgré les bottes, les silex, les pneus des tracteurs et des autos – tout ce qui, sans le vouloir, les blessait et les écrasait –, les ombres longues des deux hommes en conversation.

Madeline conduisait en pleurant. Le visage couvert de larmes, elle gémissait, bouche ouverte, la poitrine secouée de hoquets.

Plus les sanglots augmentaient, plus ses phalanges agrippées au volant blanchissaient.

À chacune de ses visites, lorsqu'elle roulait en direction de l'hôpital, elle laissait l'espoir l'envahir. Quelle erreur. Elle savait que c'était à la fois inutile et dangereux, mais il lui était impossible de réprimer cette vague. Il lui arrivait même de sourire en s'imaginant qu'il lui ferait un signe, clignerait des paupières, serrerait ses doigts dans sa main encore si douce d'adolescent. En repartant, elle se sentait lestée par un mélange de chagrin, d'anxiété et de perspectives anéanties. C'était comme si la mauvaise nouvelle de l'accident ne cessait jamais de lui parvenir.

Et voilà qu'une fois de plus, elle roulait vers la déconvenue. Une fois encore, elle serait déçue, non par lui mais par elle-même qui ne réussissait pas à le réveiller. Elle s'en voulait d'être là, active, douée de parole, les yeux ouverts. Sa vie aurait dû s'interrompre au moment de l'annonce. Et, d'une certaine manière, elle s'était interrompue. Les jours qui s'égrenaient depuis n'avaient aucun sens, elle y figurait comme une marionnette dans son castelet. Tout était faux. Chacun de ses gestes lui paraissait absurde, chacune de ses paroles était suivie d'un écho ridicule. Elle se torturait en repensant aux mois précédents : pourquoi n'avait-elle pas goûté son bonheur ? Le bonheur d'une vie sans catastrophe.

La voiture filait. Madeline ne regardait pas la route. Ses yeux se perdaient dans l'horizon indistinct, comme si elle avait désiré s'y fondre. Si elle avait serré moins fort le volant, son véhicule aurait peut-être quitté la route lorsque, dans le faisceau des phares, était apparu, comme surgi du néant – car la nuit tout autour régnait, claire et pourtant impénétrable à cause du brouillard qui commençait à monter du sol –, un corps, un débris, un cadavre, là, juste devant ses roues, en plein milieu de la D 940, réputée route la plus dangereuse du département. Mais la tension était si forte, jusque dans ses coudes, remontant dans ses épaules, qu'elle n'avait pas dévié et avait roulé sur la chose, l'animal, le cadavre – comment savoir ? –, bondissant de l'asphalte, s'élevant une demi-seconde avant de s'y poser de nouveau, sans faire de tonneau ni de tête-à-queue.

Dans le brouillard nocturne qui s'était refermé derrière elle, comme l'eau à la poupe du navire, elle se demanda s'il ne faudrait pas qu'elle revienne en arrière, qu'elle fasse demi-tour pour s'assurer de la nature de l'obstacle. Imaginant un tronc, elle s'apaisait ; se représentant un animal mort, elle commençait à trembler. Et si c'était un cadavre ?

À l'hôpital, l'infirmière, une grande femme au torse court posé sur d'interminables jambes, l'accueillit en lui disant, comme à chaque fois : « Il est calme », d'une voix profonde et douce. Madeline baissa les yeux sur le badge agrafé à la blouse. « Fatou », quel prénom ravissant, j'aurais aimé m'appeler Fatou. Il lui semblait que sa vie aurait été plus simple avec un prénom aussi équilibré. Parfois le binaire était si reposant.

Madeline entra dans la chambre éclairée par un néon bleu qui rendait le visage de Soren encore plus pâle. On lui avait expliqué que malgré le coma il pouvait l'entendre. Il ne fallait pas hésiter à lui parler, à lui lire des poèmes ou des histoires. Qu'est-ce que je pourrais bien lui raconter ? s'était alors demandé Madeline. Cela faisait un moment qu'ils ne se parlaient plus. Ils n'étaient pas fâchés. Elle ne ressentait aucune hostilité chez lui et elle n'en éprouvait pas de son côté. Simplement, ils ne trouvaient pas de terrain commun. Aucun sujet ne leur venait à l'esprit quand ils étaient ensemble, au petit déjeuner, au dîner. Madeline allumait la radio. Soren mettait ses écouteurs. Ils n'étaient pas tristes, pas mal à l'aise non plus. C'était leur nouvelle vie, leur vie à deux, depuis que Martial, le père de Soren, avait quitté la maison. Amoureux, disait-il. Amoureux d'un collègue de bureau, un très joli garçon, beaucoup plus jeune que lui. Tout le monde s'accordait pour dire que Madeline avait bien tenu le coup. Certains ajoutaient qu'elle avait un cœur de glace.

« Que te dire ? » murmura-t-elle, assise dans le fauteuil en skaï, une matière qui pouvait tout supporter, le sang, l'urine et le reste, tout ce qui, sans prévenir, s'échappait parfois des corps hospitalisés.

Elle poussa un bref soupir, comme pour se donner de l'élan et chuchota : « Je t'aime », avec un frisson d'indécence. « Ça fait bête de dire ça. J'ai l'impression d'être dans un feuilleton américain. Pas les séries de maintenant. Un feuilleton de quand j'étais petite, de quand j'étais jeune… Je ne sais pas quoi te dire, mon poussin. Reviens. »

Un instant, Madeline se demanda s'il ne faudrait pas révéler un secret à son fils. Le choc le ferait peut-être revenir à la vie.

Elle songea à cette histoire avec Goneril, la mère d'Hugo, quand elles étaient adolescentes. En quoi cela le concernait-il ? Certes, c'était Hugo, au guidon de sa moto, qui les avait projetés tous les deux dans le ravin. Il n'avait pas de casque lui non plus. Il s'en était sorti avec une foulure à la cheville. Elle ne lui en voulait pas. Elle s'admirait de n'éprouver aucun ressentiment à l'égard du garçon qui avait presque tué le sien. La surprise dominait. Une surprise immense née quelques années plus tôt lorsqu'elle avait appris que ces deux-là étaient devenus amis, à la faveur d'un regroupement de classes. Le fils de Goneril et son fils à elle, reprisant le passé déchiré.

Elle aurait pu dire tout cela à voix haute, plutôt que de ruminer intérieurement, mais chaque fois qu'elle ouvrait la bouche et prenait son inspiration pour parler, les mots s'agglutinaient jusqu'à former des grumeaux dans sa gorge. Les phrases qui lui venaient à l'esprit reflétaient si mal le tranchant du passé, l'intensité du souvenir. À son fils, elle ne pouvait parler que comme une maman, et une maman, ça ne se tord pas de douleur par amour, ça ne s'effondre pas face au spectacle de la trahison. Une maman, ça verse le lait chaud dans le bol et ça dit : Bois mon chéri. Elle n'ajouterait donc rien au fatras de banalités qu'elle avait accumulées et déposées sur le drap impeccable qui recouvrait le corps de son fils. Si Soren mourait, les dernières paroles qui l'accompagneraient se borneraient à établir une distinction entre les feuilletons télévisés des années 1980 et les séries actuelles.

Madeline sortit de l'hôpital dans un état altéré, comme si, alors qu'elle tentait de tirer son fils du coma, elle s'était laissé entraîner à sa suite dans le vortex de l'inconscience. Il fallait pourtant qu'elle se presse. Le rendez-vous avait été fixé à vingt heures pour la chauffe avant le concert.

Arrivée devant sa voiture, elle crut ses clés perdues. Dans le rond de lumière projeté par un réverbère du parking, elle vida son sac, éparpillant sur l'asphalte son portefeuille, sa trousse de maquillage, des amandes au chocolat récupérées au moment du café. « Pour mon fils », expliquait-elle à ses collègues quand elle s'emparait des friandises que la caissière du self déposait dans les soucoupes. Des années durant, elle avait apaisé les petites faims de Soren en lui tendant ces chocolats chapardés. Cela faisait longtemps qu'elle n'avait pas osé lui en proposer. À force, des dizaines de bonbons s'étaient accumulés. Les papiers d'emballage se froissaient, flétrissaient, perdaient leur couleur originelle. Certains s'étaient percés, répandant de la poudre de cacao entre le porte-monnaie et le paquet de Kleenex. Souvent, lorsqu'elle fouillait dans son sac, Madeline en ressortait une main dont le bout des doigts était taché de brun. Et voilà que les amandes étaient semées dans le halo froid du réverbère.

Toujours pas de clés. Des feuilles de maladie, une liste de courses, des relevés de carte de crédit, deux stylos à bille, des cartes de visite. Ma vie, se dit-elle. Toute ma vie est là, sur le sol. Quelques papiers et des amandes au chocolat. Que ferait-elle de ces bonbons si Soren ne se réveillait pas ? Les conserverait-elle dans son sac, malgré tout, comme une relique ? Elle s'imagina un instant mère d'un enfant mort, tâtant du bout des doigts les petits sachets bombés, et éprouva dans un élan honteux une douleur si intense qu'elle frôlait le plaisir. C'est alors que, glissant la main dans la poche de son manteau pour réchauffer ses doigts gourds, elle sentit le plastique du porte-clés, un cadeau de fête des Mères, sur lequel un petit garçon avait peint, autrefois, un cœur violet et jaune.

Sur le parking presque désert une moto surgit en pétaradant. Madeline tourna la tête et aperçut la silhouette d'un jeune homme, casque sur la tête, vêtu d'un costume sombre – Comme un croque-mort, songea-t-elle. Elle chassa cette pensée et adressa mentalement des encouragements à l'inconnu : C'est bien. Tu as ton casque. Il ne t'arrivera rien.

Juste après l'embranchement qui menait à la D 940, elle crispa les mains sur le volant et se pencha vers le pare-brise, les yeux écarquillés, redoutant de heurter de nouveau l'obstacle sur lequel elle avait buté à l'aller. De quoi s'agissait-il ? Et si c'était vraiment un cadavre, s'arrêterait-elle ? Aurait-elle dû prévenir la police une heure plus tôt, au moment du choc ? Je suis dans ma tragédie, se dit-elle. J'y suis comme à l'intérieur d'une tente. Mais le mot tipi lui semblait mieux convenir. Seule sous un cône de désolation. Coupée du reste du monde, de ses joies, et aussi de ses malheurs. Immunisée par le chagrin. Irresponsable. Mais pourquoi se tourmenter ainsi ? La chose sur la route était sans doute un remblai de terre déplacé par un tracteur, ou un gendarme allongé disposé à cet endroit de la départementale pour obliger les conducteurs à ralentir. Ce n'était pas un animal, encore moins un cadavre. Tout rentrerait dans l'ordre. Fatou l'affirmait : « Tout va bien se passer. Ne vous inquiétez pas. »

Les lumières du village commençaient à se dessiner au loin, floutées par la brume. Madeline respira longuement, se concentra sur les syncopes à la page 2 de la partition, celle qui lui posait le plus de problèmes. Un instant, tandis qu'elle reconstituait mentalement la succession des notes, elle oublia tout. Elle se gara le long du trottoir, sortit de la voiture et, ayant négligé de boutonner son manteau, fut saisie par le froid de cette soirée de décembre ; une étreinte brutale qui fit monter les larmes à ses yeux.

Dans le vestibule de la salle des fêtes, un homme se tenait face à elle, comme s'il l'avait attendue. En le voyant, elle se remit à trembler. Un sanglot suivit. L'homme lui prit les mains, bras tendus, n'osant s'approcher, la maintenant à distance. Ils se regardèrent, effarés.

Vincent était tout entier concentré dans ses doigts. Il n'avait plus de visage, plus de pieds, plus de corps, seules comptaient ses mains renfermant celles de Madeline.

La première fois qu'ils s'étaient recroisés, à l'orchestre, ils avaient fait comme si de rien n'était. Depuis trois ans, ils gardaient ce cap d'un commun accord si clandestin qu'eux-mêmes n'en étaient pas conscients. Le regard fixé sur l'horizon, ils feignaient, avec d'immenses précautions, de ne pas se voir. Si l'on avait étudié leurs mouvements, on aurait pu dessiner une chorégraphie, un ballet d'évitement.

Madeline avait longtemps pensé qu'elle ne reverrait jamais Vincent.

Quand il était parti, douze ans plus tôt, elle avait été soulagée. Soulagée et légèrement euphorique, comme au terme d'un long mal de ventre. Et pendant quelques semaines, elle avait presque été heureuse. Il lui avait semblé toucher de nouveau à cette joie qui l'avait portée à l'époque où ils avaient été amants.

Je ne lâcherai pas ses mains. Il faudra me couper les poignets, pensa Vincent. J'ai trop longtemps rêvé à ce moment, trop longtemps attendu.

Quand il était parti vivre en Afrique du Sud avec Stella et leurs trois enfants – un garçon, une fille, un garçon –, il s'était dit : C'est mieux ainsi. Mais souvent, il pleurait. Au travail, face à la baie vitrée de son bureau, il pleurait en admirant le paysage luxuriant, doré de lumière opulente. Au cinéma, il pleurait. Quand il entendait certaines chansons au supermarché, des mélodies sirupeuses agrémentées de paroles qui touillaient des sentiments banals, il pleurait. En voiture, il pleurait, sur sa planche de surf, en remplissant des bordereaux, en coupant des fleurs d'aloe dans leur jardin.

Et puis un jour, sa mère était tombée malade. Il avait dû rentrer en France. Des mois à l'hôpital, assis près d'elle à lui tenir la main. Il ne parvenait pas à décider quand partir, alors il était resté. Les médecins disaient : « D'un jour à l'autre. Ce qui est sûr c'est qu'elle ne passera pas la semaine. » Mais elle passait la semaine et, d'un jour à l'autre, continuait à respirer doucement, comme elle avait toujours respiré, penchée sur les pois à écosser, les chaussettes à repriser, les semis à surveiller. La tête basse, les épaules coulant vers le sol. On imaginait sans peine la petite fille qu'elle avait été : pieds en dedans, ongles rongés, lèvres sèches. Une créature presque invisible. Pourtant quelqu'un l'avait vue, quelqu'un l'avait aimée. Sylvain, venu de l'Est, grand et massif, avec un timbre étrangement haut perché. Il avait acheté une carriole et guidait le cheval à la voix, un percheron aux yeux de princesse égyptienne. Il portait sa femme – un fétu dans ses bras –, l'installait sur la banquette et la promenait dans le village, dans la forêt. Et puis il était mort, de rien, inexplicablement, lorsque Vincent avait trois ans. À présent, Vincent tenait la main de sa mère en l'écoutant respirer, se laissant bercer par les bips, les flots de souvenirs interrompus de temps à autre par un infirmier, une infirmière. Les gens pensaient : Quel bon fils.

Je ne crois pas que je sois un bon fils, songeait-il, le cerveau embué. C'est seulement que je n'arrive pas à partir.

Il appelait Stella, elle lui disait qu'elle comprenait, que c'était normal. Il n'y avait aucune raison qu'il se presse. Tout le monde allait bien. Ils se débrouillaient sans lui.

Six mois plus tard, sa mère était décédée. On l'avait pourtant cru sauvée. Alors qu'elle ne parlait plus depuis des semaines, elle avait dit : « Je crois que j'ai laissé quelque chose sur le feu. » Elle avait prononcé ces paroles avec clarté, une articulation parfaite. Quand Vincent, parti faire un tour, était revenu de sa promenade, Fatou, une infirmière qui venait de débuter dans le service, lui avait raconté la scène avec émotion. « C'est signe qu'elle veut rentrer chez elle », avait-elle remarqué. Le lendemain, la vieille femme avait cessé de respirer. Vincent avait dit à Fatou : « Vous aviez raison, elle avait envie de rentrer. »

Au terme des différentes étapes – cimetière, notaire, banque – qu'il avait accomplies comme télécommandé par ses interlocuteurs, Vincent s'était résolu à vendre ce qui restait des maigres biens laissés par sa mère, avant de retourner à Cape Town. Lorsqu'il avait annoncé son arrivée programmée une semaine plus tard, Stella lui avait signifié que ce n'était pas nécessaire qu'il se déplace. Elle avait quelqu'un. C'était la formule exacte qu'elle avait employée : « J'ai quelqu'un », et elle avait poursuivi la conversation d'une voix détachée. Une rupture assistée par Téflon, avait pensé Vincent, se surprenant à sourire de sa pauvre plaisanterie. « Tu as hérité, j'imagine, avait-elle dit. Donc, je garde la maison. Les enfants sont au courant. Ils s'en fichent. »

Traversant la place du village pour aller acheter du pain,

Vincent avait senti le soleil timide de mars sur sa nuque. Pas une seule fois il n'avait pleuré depuis qu'il était là. Ni à l'hôpital ni au cimetière. Quand Stella avait décrit la réaction de leurs enfants, sa gorge s'était nouée, mais à peine. L'instant d'après, il se raisonnait. Les enfants avaient tellement d'activités. Ils pratiquaient toutes sortes de sports, chantaient dans des groupes de métal, passaient leurs week-ends en camps scouts.

Il avait acheté un pavillon qui regardait la mer, avait repris son travail – il n'avait besoin pour cela que d'un ordinateur et d'une bonne connexion Internet – et s'était fondu dans son propre passé. Certaines personnes le saluaient au marché, mais beaucoup avaient déménagé. Ce n'étaient plus les mêmes têtes.

Les premiers temps, Vincent avait espéré croiser Madeline, sans que son nom soit formulé, sans laisser son visage se dessiner dans sa mémoire. C'était un mouvement infime de son âme. Elle aussi avait dû déménager.

Comme il n'avait pas grand-chose à faire de ses soirées, il avait eu l'idée de reprendre contact avec l'harmonie municipale. On lui avait fourni un saxophone d'étude et il avait rapidement retrouvé les doigtés.

En le voyant entrer dans la salle des fêtes, la première fois qu'il était venu répéter, Madeline n'avait pas été surprise. Les gens avaient parlé. Elle savait. Elle l'avait trouvé vieilli et avait aussitôt porté une main à son propre visage, comme pour vérifier l'état de sa peau. Peut-être aussi pour en masquer les parties les plus marquées par le temps, les commissures des lèvres, le dessous des yeux. Ils ne s'étaient pas salués, chacun faisant comme s'il ne reconnaissait pas l'autre. Pourtant, tout était là, intact, dans les corps, dans les pensées : le voyage en Allemagne organisé par les Jeunesses musicales de France, les baisers échangés dans l'obscurité du car, les rendez-vous risqués, l'éternité sur la plage, une éternité contenue dans un quart d'heure.

Est-ce qu'il se rappelle ? s'était demandé Madeline.

Vincent se rappelait.

Il se revoyait dans son lit, auprès de Stella, sa toute jeune épouse enceinte de leur premier enfant. C'était là qu'il avait commencé à pleurer, parce qu'il l'aimait. Il aimait sa femme et l'enfant qu'ils auraient, mais, la tête dans les mains, il recueillait ses larmes en songeant que jamais Madeline ne serait ainsi allongée, paisible, à ses côtés, portant leur bébé dans son ventre.

– Tu t'es enrhumé, mon bichon ? demandait Stella.

– Je crois bien que oui, répondait Vincent.

Et il s'endormait, exténué par ces amours inconciliables, fatigué surtout de se forcer à ne pas aller attendre Madeline à la sortie de son travail, de rôder sans qu'elle le voie aux abords du club d'équitation. Ils avaient décidé. C'était mieux pour tout le monde. C'est mieux, c'est mieux, se répétait Vincent, le cœur dans un étau.

Parfois, Madeline se sentait observée quand elle sortait du bureau, ou lorsqu'elle menait les chevaux à la longe dans le manège. Elle rentrait son ventre, détendait ses lèvres, esquissait un sourire, redressait les épaules. Peut-être est-il là, pensait-elle, caché pour ne pas me faire de peine, parce qu'il a promis de ne plus jamais s'approcher de moi. J'ai mon bébé, j'ai mon mari. Il ne faut pas détruire ce que l'on a construit.

– Si mon bébé ou mon mari souffraient à cause de toi, je finirais par te haïr. Ne t'approche plus jamais de moi, lui avait-elle ordonné sur la plage, après qu'ils avaient fait l'amour à l'aube, enfuis de leurs foyers pour se retrouver une dernière fois.

– Je te le promets, avait juré Vincent.

C'est alors que le cœur de Madeline avait gelé. Il avait durci dans sa poitrine, adoptant la matière étonnante de certaines crèmes glacées, friables et dures à la fois.

Ils étaient tombés amoureux à un si mauvais moment. Ils étaient pareillement indisponibles, cousus à leur conjugalité nouvelle, une femme, un mari, un tout petit enfant, un bébé à naître. Il y avait si peu d'espace pour autre chose qu'ils n'avaient pas pris garde et s'étaient attardés après les répétitions pour boire un verre, se raccompagner l'un chez l'autre. Elle avait dix-huit ans, il en avait dix-neuf. Ils avaient été au collège ensemble, mais pas dans la même classe, parce que Vincent avait un an de plus. Ils se parlaient des professeurs qu'ils avaient eus en commun, échangeaient des anecdotes sur les anciens surveillants. Ensemble, ils rajeunissaient encore, redevenaient des écoliers, ne se sentaient jamais contraints, jamais las ni tristes. La jeunesse de l'un attisait la jeunesse de l'autre. Ils avaient des fous rires, mangeaient des bonbons, roulaient dans l'herbe, chantaient des chansons bêtes. Un soir d'été, ils avaient eu l'idée d'aller se baigner après l'orchestre. La nuit était chaude et sans lune. En sortant de la voiture, ils avaient eu l'impression de se glisser dans un gant doublé de fourrure. Ils avaient couru jusqu'à la grève, se tordant les pieds sur les galets, s'accrochant l'un à l'autre pour ne pas tomber, tombant quand même, se relevant, éclatant de rire. Au bord de l'eau, ils avaient enlevé leurs vêtements et s'étaient jetés dans les flots frais.

Ils ne surent qu'ils étaient nus que lorsque leurs corps se touchèrent. Seule une mince pellicule d'eau froide les séparait. Vite elle devint brûlante, à mesure que se produisait ce qu'ils n'avaient pas imaginé, jamais prévu, ce à quoi ils se seraient interdit de rêver. C'était inconcevable et merveilleux. Cela ne ressemblait à rien de ce qu'ils avaient connu. Ils avaient tant de sympathie l'un pour l'autre. C'était l'euphémisme presque comique qui était venu à l'esprit de Vincent au moment où, devenu créature marine, en apnée avec Madeline elle aussi métamorphosée, il avait joui dans l'apesanteur de l'eau salée. Quand il pensait à elle, la première idée qu'il avait en tête était leur compréhension mutuelle, leur camaraderie.

Ni l'un ni l'autre ne pensait « amour ».

Car Madeline aimait Martial, son mari.

Car Vincent aimait Stella, son épouse.

Madeline avait toujours pensé qu'elle serait fidèle. Vincent ne comprenait pas comment on pouvait tromper sa femme. La phrase elle-même lui répugnait.

Sortis des flots en titubant, exténués par l'extase, leurs jambes les portant à peine, ils ne se sentaient pas traîtres ; ils n'étaient pas des parjures ; pas des salauds. Il leur semblait que leur cœur avait enflé dans leur poitrine et qu'il était à présent capable d'abriter plus d'un amour. Oui, c'était cela qu'ils ressentaient. Rien ne devait changer dans leur vie. Ils aimaient l'un et ils aimaient l'autre. Personne avant eux n'y était parvenu. Leur situation ne figurait dans aucun livre, aucun poème, aucun manuel.

Les premières semaines, ils avaient vécu sur cette illusion. Jamais avant et jamais depuis ils n'eurent autant d'énergie, de patience, de compassion. Leurs plaisanteries (chez les commerçants, avec les collègues) étaient désopilantes ; les plats qu'ils préparaient étaient meilleurs que ceux que l'on mangeait au restaurant ; dans une journée ils parvenaient, en plus des heures de travail, à écouter de la musique, tondre la pelouse, partir en promenade avec le bébé dans son landau pour l'une, dans le ventre de sa mère pour l'autre, faire de la gymnastique, passer de la cire sur les meubles et travailler leurs gammes en plus des morceaux joués à l'harmonie qu'ils connaissaient déjà par cœur.

Les trois jours de voyage en Allemagne, comme une lune de miel clandestine, avaient été un couronnement. Personne ne se doutait. Ou alors tout le monde savait. Pas une réflexion, pas un regard de travers ni une allusion chez les autres musiciens. Rien ne paraissait interdit, dégradant.

Un temps, ils crurent qu'ils avaient atteint un niveau supérieur d'existence dans lequel ils étaient dotés d'un pouvoir magique leur permettant de se démultiplier, de vivre plus d'une vie.

Mais au bout de quelques semaines – peut-être parce que l'accouchement de Stella approchait, ou que Soren, après avoir fait précocement ses nuits, s'était mis à se réveiller de façon intempestive, réclamant sa mère jusqu'à sept fois par nuit –, la douleur avait surgi. À la tombée du soir, les amants séparés soupiraient l'un vers l'autre. Ils rêvaient à la nuit qu'ils ne passeraient jamais ensemble, la nuit que le sort leur confisquait toutes les douze heures. Ils se torturaient en l'imaginant. Et après qu'ils en avaient conçu tous les détails – le lieu, la température, la lumière, leurs gestes, leur union –, ils se torturaient plus fort en imaginant la suivante, et une autre encore, un chapelet de nuits si tranquilles qu'ils parviendraient même à dormir, remettant le désir au lendemain, comme ils le faisaient à la maison, ou à la semaine d'après, car on avait, car on aurait tout le temps.

Le sommeil les avait désertés. Les rares moments qu'ils passaient ensemble, confisqués, arrachés, se laissaient grignoter par l'agacement. L'innocence elle aussi les avait quittés. Coupables, ils effectuaient chaque tâche, même la plus ordinaire, avec un lourd collier de honte pendu à leur cou. Les sourires des enfants, les fleurs printanières, la gentillesse d'une vendeuse, la politesse d'un automobiliste, la fraternité débonnaire des musiciens réunis par pupitre, tout cela contribuait à les enfoncer dans une boue de honte. Leurs torts étaient multiples et les minutes passées ensemble creusaient une dette dont leurs conjoints ignorants étaient les créanciers. Fini la légèreté. Ils étaient devenus graves et presque envieux des vies simples, du bonheur peu exigeant mais pur dont semblaient bénéficier tous les autres. « On arrête » était désormais la phrase qu'ils prononçaient le plus souvent. Elle avait remplacé « Je t'aime », « Tu es la plus belle femme du monde », « Tu m'as tellement manqué », « Viens, viens là, mon amour ». Ils étaient devenus des traîtres, des parjures, des salauds.

Mais voilà que, des années plus tard, dans l'entrée de la salle des fêtes, sous les néons diffusant une lumière crue qui accusait leurs traits, ils se tenaient par les mains. Le tremblement de l'un accroissait le tremblement de l'autre. Comment pourraient-ils parler ? Que diraient-ils ? Ils se sentaient vieux et ridicules.

Soudain le visage de Soren apparut à Madeline. Elle lâcha les mains de Vincent, s'écarta de lui, recula brusquement, comme face à un danger. Mon fils est mort, pensa-t-elle. Il est peut-être mort à l'instant où je serrais les mains de Vincent dans les miennes. Le médecin a dit qu'aucun organe vital n'avait été touché, que tous les espoirs étaient permis. Le médecin a dit : « Une semaine », il a dit : « Un mois », il a dit : « Vous savez, chère madame, c'est complètement imprévisible. Il ne faut pas non plus s'attendre à un miracle. Les lésions… – je vous avais parlé des lésions, n'est-ce pas ? » Madeline se demandait si c'était vraiment le même homme, celui qui, le jour de l'accident, l'avait rassurée et lui avait promis – oui, elle s'en souvenait, elle en était certaine – que Soren s'en sortirait, et celui qui, ces derniers jours, parce qu'il était contrarié par cet adolescent qui tenait sa science en échec, la recevait entre deux portes, toujours pressé, volant au secours d'autres femmes, d'autres enfants, les pans de sa blouse ouverte battant sur les côtés comme les ailes d'une raie. Elle ne voulait plus lui parler. Si elle l'apercevait au bout du couloir, elle se cachait derrière une porte. Elle n'avait aucun besoin de l'entendre évaluer les risques d'aphasie, les pourcentages concernant la paralysie, toute la guirlande de séquelles.

Une ou deux fois, elle avait croisé Martial, vêtu d'une chemise à fleurs ouverte sur la poitrine, le visage orné d'une barbe fournie qui le faisait ressembler à un mannequin vantant l'arôme d'une bière. Elle avait songé, avec une tendresse qui l'avait étonnée, à ce torse large et doux contre lequel elle aurait aimé poser sa tête, à ces épaules qui avaient été son refuge, un refuge qui, peu à peu, s'était vidé de l'amour des premiers temps pour n'y laisser que le confort. Ils se souriaient, timides et désespérés, une bise, plus conventionnelle que n'importe quelle poignée de main, effleurant la joue insensible. Ils se succédaient au chevet de leur fils.

Un jour ils s'étaient mis d'accord pour lui rendre visite ensemble, peut-être que de les sentir unis, réunis… Mais près du lit, ils n'avaient su que faire. Martial avait désigné le fauteuil en skaï, invitant son ex-femme à s'y asseoir, par galanterie, par politesse, machinalement, et ils étaient restés ainsi, en silence, un silence bien plus épais que celui qui avait régné lors du dîner suivant l'annonce de la séparation. « Je vous quitte », avait simplement dit Martial, et Madeline n'avait pas eu la force, le réflexe, l'envie de protester. Elle savait avant de savoir. Elle voulait épargner à Soren une scène qu'elle jugeait indigne d'eux. « Je comprends », avait-elle répondu. Et ils étaient passés à autre chose.

Debout au pied du lit, là où se postait le médecin parfois accompagné d'un ou deux internes, Martial avait déclaré, les mâchoires engourdies de s'être tu si longtemps : « Comme il est beau » et Madeline avait répondu, dans un assaut de banalité : « Il te ressemble. »

À présent, face à Vincent, dos au mur, comme sur le point d'être fusillée, Madeline se rappelait ce que l'infirmière lui avait confié : « Il y a un monsieur qui vient voir votre fils. » Elle n'y avait pas porté attention sur le coup, pensant que Fatou faisait allusion au père de Soren. Soudain elle comprenait. Les gens avaient parlé. Tout se savait si vite au village. Elle ignorait si elle était reconnaissante ou scandalisée. Pourquoi Vincent était-il allé à l'hôpital ? Que cherchait-il ? Elle se demandait s'il avait parlé à Soren. Peut-être réussissait-il, lui qui n'était pas son parent, qui n'était rien pour lui, à raconter des histoires à son garçon, à orner ses rêves, à les diriger sans intention apparente, comme on fait courir un chaton après une ficelle pour l'amener où l'on veut qu'il aille. Si Soren se réveille, s'il revient à nous… pensa-t-elle, mais la porte claquée derrière elle interrompit l'amorce de serment.

– Pardon, je suis en retard, dit Jocelyne, une bénévole qui venait souvent aider à installer les chaises les jours de concert. J'aurais dû arriver à six heures, mais un petit garçon avait disparu à la garderie. Je me suis tellement inquiétée. On l'a retrouvé finalement. On l'a retrouvé. Je suis si heureuse. Tiens, je vous embrasse.

Elle serra longuement dans ses bras Madeline, puis Vincent. Son corps était moelleux et chaud.

– Je travaille à la garderie, expliqua-t-elle. Vous vous souvenez de moi ? Vous êtes les parents de Soren, je me trompe ? Si Matis avait disparu pour de bon, vous imaginez ? C'était moi la responsable. Mais il est revenu. On l'a retrouvé. C'est Raoul. Vous voyez ? Monsieur Lanversau ? Celui qui joue de l'euphonium ? Un monsieur un peu fort ?

– Oui, oui… répondirent Madeline et Vincent, hébétés, flageolant face à cette tornade de questions.

Le visage de Jocelyne rayonnait de joie.

– Il est revenu ! répéta-t-elle. Le petit garçon est revenu.

À quelques kilomètres de là, dans la nuit qui était parvenue à vaincre le brouillard, l'hôpital se dressait, forteresse grise aux petites fenêtres carrées semblables à des alvéoles. Fatou, l'infirmière, entra dans la chambre de Soren pour noter ses constantes. Il se tourna vers elle. Ses larges yeux noirs éclairaient son visage bleu. Il lui sourit, la tête légèrement penchée sur le côté, avec la grâce que seuls possèdent les faons ou certains adolescents.

À son amoureux, Jérémy Dray, Fatou raconta, au retour de sa garde, qu'en voyant le garçon avec les yeux ouverts elle avait failli s'évanouir. De joie. « Mais j'ai tenu bon, ajouta-t-elle. J'ai tenu bon. »

C'était un hiver lumineux et sec où rien ne semblait vouloir mourir. Les rosiers continuaient de porter des fleurs, plus chétives qu'au printemps, moins parfumées qu'en été, aux pétales décolorés presque transparents. Les framboisiers laissaient pendre à leurs sommets recourbés d'étranges têtes rouges qui paraissaient presque honteuses lorsque le dernier éclat du soleil allait les dénicher sous les feuilles. Les oiseaux lançaient leurs cris au cœur de la nuit sans craindre les éperviers, pas plus que les martres. Les mouches, gorgées de la canicule passée, poursuivaient leur vol, insensibles au froid qui crispait pourtant la rosée du matin.

Un samedi matin, Alicia avait été emportée par une vague sous les yeux de sa mère alors qu'elles se promenaient côte à côte, emmitouflées dans leur manteau, le nez sortant à peine de leur capuche. Mauricette ne comprenait pas comment ça s'était produit. Sa fille était là et, l'instant d'après, la mer, telle la serre d'un rapace, s'était emparée du corps de son enfant et l'avait englouti. Mais elle le lui avait rendu, si rapidement, avec une violence si semblable à celle de l'enlèvement, que Mauricette aurait douté, sans les habits trempés, sans les lèvres bleuies, sans l'arrivée des pompiers, que tout cela avait réellement eu lieu.

À la fin du déjeuner, Papi Lorenzo avait avalé un morceau de pomme de travers. Il s'était étranglé, avait battu des bras, était devenu rouge, puis bleu. Mami Pepita, affolée, ne sachant que faire, avait roulé un journal pour en faire une matraque et lui avait tapé sur la tête. Le morceau de pomme était ressorti. En pleurs, Mami Pepita avait asséné une série supplémentaire de coups de journal roulé à son mari pour le punir de lui avoir fait une peur pareille.

Émile était passé sous une voiture alors qu'il traversait – un peu distraitement peut-être – au feu orange. L'automobiliste avait la tête penchée pour lire sur son portable un message de sa fille lui demandant de venir la chercher plus tôt au collège parce qu'elle avait mal au ventre. Il n'avait pas vu Émile, qui mesurait pourtant plus d'un mètre quatre-vingts et s'était – instinct de survie ou hasard de l'équilibre des forces – laissé tomber sur l'asphalte dès que le pare-chocs avait heurté son tibia, s'allongeant contre la chaussée froide avec la grâce d'un gymnaste.

Valentin, le chat que la rêveuse secrétaire de mairie Mariette Legarni avait baptisé ainsi pour se porter chance en amour, mordait bravement la patte qu'il s'était coincée dans un piège à renard et dont il faudrait bien qu'il s'ampute, avec patience, sans dégoût, buvant à mesure le sang qui s'en écoulait et n'établissant pas de lien entre la douleur qui le faisait trembler d'un bout à l'autre de l'échine et les coups de dents qu'il infligeait à sa chair.

Rien ni personne ne mourait. Ni Alicia ni Papi Lorenzo ni Émile, pas plus que le chat de Mariette. Le jour lui-même ne ternissait pas ; il régnait, blanc et mat, de neuf heures à seize heures, avant de répandre sur la nuit un zeste de lumière argentée. « La lune ne décroît pas », disait Dodelin le fossoyeur à Taffanel le terrassier. Et Taffanel répondait : « Non, elle décroît pas, elle croît. En tout cas, qu'est-ce qu'elle est grosse. » Et la lune énorme projetait à terre, sur les mousses qui persistaient malgré les bottes, les silex, les pneus des tracteurs et des autos – tout ce qui, sans le vouloir, les blessait et les écrasait –, les ombres longues des deux hommes en conversation.

Jacques mettait de l'ordre dans ses partitions. Elles étaient pourtant parfaitement rangées. C'était la troisième fois qu'il vérifiait depuis qu'il était rentré du travail, rentré en avance, rentré pour toujours. La jeune directrice des ressources humaines, tatouages représentant un hérisson à l'intérieur du poignet droit, une boussole sur l'avant-bras gauche, des pointes de tentacules aperçues dans le V de sa chemise ouverte et qui devaient se rattacher à la tête d'un poulpe dessinée au dermographe sur son ventre, sa hanche ou ses reins, la jeune DRH tatouée donc lui avait présenté son licenciement comme un « projet de vie ». C'était l'expression qu'elle avait utilisée. « Vous avez des passions, vous avez une famille. Vous dirigez une fanfare… » Jacques avait rectifié machinalement : « Non, pas une fanfare, un orchestre d'harmonie. » « Oui, c'est ce que je disais, avait repris la femme tatouée. Vous êtes jeune encore et je suis sûre que vous avez des tas de projets. » Elle s'était tue un instant et avait répété d'un ton presque menaçant : « Vous avez des tas de projets. »

Mais, en sortant de la salle de réunion où avaient lieu les

entretiens organisés à l'occasion du plan social, Jacques ne comprenait plus ce que le mot « projet » signifiait.

Au lieu de rentrer chez lui, il s'était rendu à la plage, désertée en hiver, livrée aux chiens, à leurs maîtres. Crottes déposées entre deux galets, bâtons lancés à toute force dans l'eau, constellation de gouttelettes au moment où la bête s'ébroue. Jacques s'était assis sur une dune pierreuse, péniblement, sentant ses genoux craquer, son dos se raidir sous la menace du lumbago. Soufflant comme s'il venait d'accomplir un exploit, il avait ramassé un caillou et l'avait jeté devant lui. Un projet. N'était-ce pas cela ? Jeter quelque chose vers l'avant. Se jeter soi-même. La femme tatouée avait parlé de bienveillance, d'interactions, de dynamique, de proactivité. « Vous êtes jeune », répétait-elle à la fin de chaque phrase. Qui cherchait-elle à convaincre ? Quel âge avait-elle ? Vingt-huit ans ? Trente-deux ? Jacques se rappelait combien il s'était senti vieux à trente ans lorsque Viviane lui avait annoncé qu'elle était enceinte. Être père. Il ne s'y attendait pas. Jamais il ne s'était dit qu'il aurait un fils ou une fille. « Tu n'es pas content ? Tu n'es pas ému ? » lui avait reproché Viviane, telle que son nom la décrivait, vivante, vivifiante, vive. « Si, je suis content, avait-il répondu. Bien sûr que je suis ému. » Et aussitôt, il avait pensé : Qu'est-ce que papa va dire ?

Papa était quelqu'un d'important. Un peu plus grand que Jacques, avec une barbe plus fournie et des épaules plus larges, il conduisait avec assurance et trop vite, sauf à l'approche des radars, des voitures qui faisaient se retourner les gens sur leur passage. Des Aston Martin, des Jaguar, des Maserati, et, parfois, en été, un coupé décapotable dessiné par Pinin Farina et d'un bleu si proche de celui du ciel qu'on aurait cru qu'un morceau d'azur s'était détaché, telle une pièce de puzzle, pour filer sur les départementales. Papa faisait partie de plusieurs conseils d'administration, il était parrain de deux associations humanitaires, il jouait de la harpe celtique et du banjo. Papa était un homme responsable sur lequel on pouvait compter.

Assis sur la dune de galets, Jacques s'était demandé ce qu'il allait dire à papa. J'ai été licencié. J'ai des tas de projets. J'ai été mis à la retraite anticipée. Jacques cherchait comment formuler la nouvelle. Il avait pensé à la mère de Viviane, qui n'avait plus sa tête depuis un moment, au père de Viviane, qui était mort quinze ans plus tôt. Viviane était tranquille, elle. Aucun compte à rendre.

Papa, lui, ne perdait pas la tête. Il était en forme. Il s'entretenait, jouait aux échecs, au tennis de table. Il suivait un régime ayurvédique.

Une partition s'échappa de ses mains à l'instant où Jacques soulevait la liasse de la table pour la glisser dans sa sacoche. Il sourit. C'était un tube des années 1980 qu'ils avaient pris l'habitude de jouer chaque année à Noël avec l'orchestre. Une bluette pop, sur laquelle le public aimait taper des mains et que les musiciens pouvaient interpréter les yeux fermés. Ce serait parfait pour clore la première partie, et après il ferait l'annonce, juste avant l'entracte, pendant que les plus jeunes passeraient le chapeau dans le public. Il avait rédigé un brouillon sur une feuille à en-tête de l'entreprise qui l'avait licencié. Il avait noté trois parties. En premier viendraient les remerciements. Dans un deuxième temps, il évoquerait le répertoire, les moments historiques qu'ils avaient connus ensemble, les trophées remportés, les défilés sous la pluie, les chers disparus. Ensuite, sans céder à une mélancolie excessive, tout en laissant aux larmes le temps de monter aux yeux, il aborderait son dernier point, une surprise qui tirerait peut-être aussi quelques larmes. Personne n'était au courant. Pas même Titouan, son fils, qui avait pourtant travaillé tous les morceaux du concert, docilement, sans poser de questions, en bon garçon qu'il était, rigoureux, incollable au solfège.

Quand il était petit, le soir, face au miroir de la salle de bains, plutôt que de se brosser les dents, Titouan imitait les gestes du chef, cette manière que Jacques avait dans les passages les plus intenses, les plus lyriques, de se pencher sur le côté, mains en avant, une paume vers le sol, l'autre tournée en direction du plafond comme s'il avait essayé d'extraire ou, au contraire, de faire entrer dans un tunnel un corps, une étoffe, un cube de mousse.

La deuxième partie du concert serait bouleversante. Jacques savait qu'il pouvait compter sur ses musiciens pour traduire des émotions que lui-même n'avait pas les moyens de formuler. Toujours il s'étonnait de cela, car les personnalités, les niveaux, les âges étaient on ne peut plus disparates. Certains avaient fréquenté, comme lui, le conservatoire de la grande ville, tandis que d'autres avaient suivi des cours particuliers ou des leçons prodiguées par des écoles de village. Dans son bourg natal, quand Jacques était enfant, c'était l'horloger, au coin de la rue des Deux-Ânes, qui faisait office de professeur de musique. Saxophoniste plus ou moins autodidacte, il enseignait la clarinette et le hautbois, la trompette aussi, mais il revenait aux élèves de comprendre par eux-mêmes les subtilités des différentes anches ou la pression à exercer sur l'embouchure. C'était la musique qui décidait. Elle avait le pouvoir d'entrer dans les doigts, dans les têtes. Elle empruntait des voies énigmatiques, montait en chacun par ruse, par à-coups aussi. Mais surtout, elle naissait d'une nécessité, celle de conjurer la tristesse des jours qui diminuent, du froid qui raidit les épaules, la lassitude des longs chemins déserts par les jours de grand vent, l'effroi d'anciens amants devenus mari et femme prisonniers du même toit et se haïssant, l'amertume du repas pris à dix-neuf heures trente, une seule assiette, un seul verre, la casserole à même la table, le dîner du veuf, ou de l'enfant solitaire.

Rares étaient les musiciens qui travaillaient entre deux répétitions. Ils manquaient de temps, certains ne savaient pas s'y prendre et parfois, en début de séance, la cacophonie était pénible. Dièses et bémols absents, rythmes aléatoires, cafouillages, canards et mélasse. Jacques ne s'énervait pas. Il fermait le poing pour indiquer que l'on devait s'interrompre et proposait de reprendre. Mais avant de compter la mesure à vide qui donnerait le départ, il plongeait son regard dans les yeux de ceux qui les levaient vers lui. Il était à peine conscient de ce qu'il faisait. Un bref coup d'œil, apparemment ordinaire. Pourtant, dans cet échange, il se livrait entièrement. C'était comme si son cœur s'épanchait. Il disait aux musiciens : « Faites-le pour moi », et il leur disait : « Faites-le pour vous. Faites-le pour la beauté, en réparation des soirées aigres et des matins gris, pour contrer la marée des souvenirs d'une enfance malheureuse ou la nostalgie d'une enfance lumineuse, faites-le pour oublier les douleurs, les deuils, les déceptions et les attentes. Faites-le en dépit du visage qui vous apparaît dans le miroir chaque matin et chaque soir et dont vous peinez à croire qu'il soit vraiment le vôtre. »

Et, comme en réponse, à la faveur d'une minuscule transe, les musiciens, sans en avoir conscience, s'ouvraient à lui. Il percevait alors leurs secrets, leurs espoirs, leurs souffrances. Sans les connaître bien, il les comprenait tous.

La première fois qu'il avait fait l'expérience de ce dialogue silencieux, c'était bien des années plus tôt, alors qu'il préparait l'examen de sortie de la classe d'accompagnement. Il avait choisi une transcription pour piano d'un des *Chants d'un compagnon errant* de Gustav Mahler. Il avait travaillé âprement, porté par une joie qui étonnait son professeur. Une œuvre si déchirante, comment l'adolescent pouvait-il garder ce sourire béat ? Il interprétait cette partition, bien au-dessus de son niveau, avec autant de bravoure que de maladresse, la massacrant par endroits, la magnifiant à d'autres. Ne restait plus qu'à trouver un chanteur.

Il y avait surtout des filles inscrites dans la classe d'art lyrique, et les rares garçons avaient des voix encore trop légères pour endosser le rôle. Maître et élève étaient près de renoncer, lorsque Jacques avait eu une idée dont il n'avait, d'abord, osé parler à personne.

Lors d'une fête de village, l'été précédent, il avait entendu un gros et grand garçon entonner *Mon amant de Saint-Jean* aux côtés d'une chorale spontanée qui s'était formée autour de l'accordéoniste chargé d'animer les festivités. Montagne de chair au regard bleu innocent, le garçon, sans se préoccuper des tonalités erratiques adoptées par ses camarades bien plus âgés que lui, avait, d'une voix paisible et parfaitement juste, entonné la chanson avec une telle majesté, une douceur si inattendue que les tireurs à la carabine et les fondus de pêche aux canards avaient un instant suspendu leur geste pour prêter l'oreille. Assise sur un pliant qui contenait péniblement ses larges fesses, une femme au même regard bleu, quoique jailli d'yeux plus ronds, dodelinait de la tête. Elle avait applaudi de toutes ses forces à la fin de la chanson, faisant vibrer chaque fleur de sa robe dont le tissu était tendu sur sa poitrine et sur ses hanches comme la toile d'une montgolfière. Le garçon l'avait rejointe et s'était penché vers elle pour l'enlacer. Un instant, Jacques avait craint qu'il ne tente de s'asseoir sur les genoux de celle qui était sans doute sa mère, car si les ressemblances peuvent tromper, la tendresse, elle, dit vrai. Pauvre pliant, avait pensé Jacques en les observant. Mère et fils avaient échangé quelques paroles dans une langue étrangère et Jacques s'était approché, curieux, songeant qu'il s'agissait peut-être d'allemand ou d'un dialecte alsacien.

C'était à ce grand garçon qu'il avait pensé à trois semaines de l'examen.

Il s'était rendu au village, distant de quelques kilomètres de la ville où il étudiait, et avait retrouvé sans mal la trace de Raoul, fils unique de Maria Hofman, que ses voisins appelaient, certains par sympathie, d'autres par défiance, l'Allemande.

Jacques et Raoul avaient le même âge, mais ils n'avaient ni la même taille ni la même corpulence. Raoul ne savait pas lire la musique. Il chantait, oui, il aimait bien chanter, il regardait des émissions de variétés à la télé. Sa mère et lui affichaient les posters des artistes qu'ils préféraient aux murs de la cuisine, Demis Roussos, Ivan Rebroff, Michel Polnareff, Joe Dassin.

– Je joue du piano. Tu voudrais bien chanter avec moi ? lui avait demandé Jacques.

– Où ça ? s'était enquis Raoul.

– Au conservatoire, pour un examen.

– J'ai pas mon brevet, avait confessé Raoul en rougissant.

– Aucune importance, avait assuré Jacques. La musique et l'école sont deux choses différentes.

Jacques avait sorti de son sac la partition des *Chants d'un compagnon errant* et Raoul s'était penché sur les lignes ponctuées de cercles noirs et de cercles blancs, la bouche ouverte, les yeux liquides.

– J'y comprends pas grand-chose, mais c'est rien joli.

– Tu n'as pas besoin de comprendre, lui avait dit Jacques. Les notes, avait-il précisé en montrant les têtes noires et blanches – personnages énigmatiques perchés sur les portées, reliés entre eux par des queues très fines et des barres horizontales plus épaisses qui évoquaient des rails ou des solives serrées –, c'est pour moi. C'est moi qui les joue. Toi, tu n'auras qu'à chanter.

Et il lui avait indiqué les paroles en lui demandant s'il pouvait les lire. Raoul s'était exécuté. Sa diction délicate, son allemand naturel étaient déjà de la musique.

Les deux garçons s'étaient rencontrés à plusieurs reprises, avaient écouté des enregistrements ; leur version préférée était celle de Dietrich Fischer-Dieskau et Leonard Bernstein. Chaque fois que Jacques demandait à Raoul de répéter une phrase après le baryton, de reproduire ce qu'il venait d'entendre, Raoul obéissait, précédant toujours ses tentatives du même « Si ça peut te rendre service ». Lorsqu'à la fin du couplet, il arrivait à

O weh ! (Hélas !), le cœur de Jacques se serrait. Jamais il n'avait perçu avec autant de précision la détresse du chant.

À mesure que le jour de l'examen approchait, la tranquillité gagnait l'accompagnateur. Aucun poids ne reposait sur ses épaules. La montagne de chair portait la musique, le piano et le pianiste. L'un comme l'autre sentait, sans le formuler, que la beauté surgissait, malgré les doigts trop peu véloces de Jacques ou leur manque de puissance.

– Le problème, avait avoué Raoul, c'est que je suis timide.

– Ne t'en fais pas, on va juste répéter une fois avec mon prof pour qu'il valide notre candidature et qu'il nous inscrive, et ce sera fini. Si tu préfères, il restera en coulisse. Je lui dirai que je veux lui faire la surprise. Il ne te verra pas. Et toi, tu ne le verras pas non plus.

Raoul avait accepté, le professeur aussi, amusé par les facéties de cet élève intrépide. Quand Jacques était allé trouver son maître derrière le rideau de la petite scène, à l'issue de la répétition, monsieur Raymond avait dit :

– Il y a encore du boulot, tes attaques sont trop molles, il faut que tu me mettes un peu de colère dans tout ça, mais lui ! Qui est-ce d'ailleurs ? Tu sais qu'on n'est pas censé faire appel à des professionnels ?

– Il a mon âge, avait déclaré Jacques avec un sourire en pensant à Raoul qui, dès la fin du morceau, s'était enfui en courant, de sa drôle de manière, comme si à chaque foulée il s'enfonçait dans un bloc de boue. Il ne sait même pas lire la musique.

– Et moi, je trais les chèvres de monsieur Seguin, avait répliqué en riant le professeur.

Jacques s'était alors souvenu que son père, lorsqu'il rentrait d'un week-end avec une de ses maîtresses, glissait à l'oreille de sa femme : « Quelle emmerdeuse, cette Nanou, c'est la dernière fois que je l'aide à déménager », avant d'expliquer à son fils, avec un clin d'œil égrillard qui mettait Jacques mal à l'aise, que la meilleure gardienne des secrets était la pure vérité. Nanou était la maîtresse de son père mais il en parlait si ouvertement, se plaignant de sa balourdise, des corvées qu'elle lui imposait, « Tout ça sous prétexte que madame est la cousine de mon associé », que personne ne soupçonnait rien. Avec Raoul, c'était le contraire, il ne savait pas lire la musique, mais il suffisait que Jacques le dise pour que cela sonne faux.

Le jour de l'examen, les deux garçons s'étaient donné rendez-vous dans une ruelle à l'arrière du conservatoire. Raoul était arrivé en avance.

– C'est le costume de mon grand-père, avait-il expliqué à Jacques qui regardait avec perplexité son camarade dans sa chemise à faux col et sa veste noir corbeau trop large pour lui (quel genre de géant était son aïeul ?), assortie au pantalon qui lui boudinait les cuisses. Ma mère a dit que pour un examen, c'était ça qu'il fallait.

Vêtu d'un jean et d'un polo, Jacques s'était demandé s'il n'avait pas commis une erreur. Il aurait voulu prendre Raoul sous son aile, le dissimuler, lui permettre d'échapper aux regards qui, il en était certain, le mettraient en joue dès qu'il apparaîtrait sur scène. Il avait soudain pensé aux autres étudiants, à Viviane, une fille du solfège qui avait la même coupe en dégradé que l'héroïne du feuilleton *Super Jaimie* et semblait capable d'accomplir le même genre d'exploits.

– Tu restes là, OK, Raoul ? Tu bouges pas d'ici. Tu regardes bien ta montre et à moins cinq, tu entres par la porte de derrière que je t'ai montrée, tu montes au deuxième étage, tu prends le couloir à gauche et je viendrai te chercher. Après, ça ira comme sur des roulettes. On entre sur scène, comme on a fait la dernière fois. Tu marches derrière moi, juste derrière, tu ne regardes rien, seulement le haut de mon crâne, tu t'arrêtes là où il y a la croix en scotch orange sur le sol et dès que je me mets au piano, tu regardes tes pieds (mon Dieu, qu'est-ce que c'était que ces godillots ? Des bottines en cuir rigide du siècle dernier, taille 45 au moins), et ensuite tu fermes les yeux, et on se lance : la petite intro que tu connais, avec les deux fois fort et les trois plus doucement, et tu enchaînes.

Il lui avait tapé sur l'épaule, faisant jaillir un nuage de poussière du costume en toile raide sans oser plonger ses yeux craintifs dans ceux, confiants et désespérés, du gros garçon engoncé.

– Arrête de te gratter, avait dit monsieur Raymond à Jacques. Qu'est-ce qui t'arrive ? Tu es nerveux ? Respire. Respire lentement. Tu inspires sur quatre temps, tu bloques sur quatre, tu expires sur quatre, tu bloques et tu recommences.

Jacques adoptait cette respiration en carré quand il ne réussissait pas à dormir ou qu'il était assis à côté de Viviane au solfège. Mais là, au premier rang de l'auditorium du conservatoire où se déroulait l'examen, aucune géométrie ne venait à son secours. Il voyait les autres candidats se lever s'asseoir ; des doigts s'agitaient, des bouches s'ouvraient se fermaient s'ouvraient ; ses oreilles percevaient une bouillie de sons, loin, bien loin au second plan, derrière le bruit de râpe que produisaient ses ongles pourtant courts sur sa peau. Tout son corps à présent le démangeait. Ainsi doivent se sentir les serpents à la veille de leur mue, se disait-il.

Quand Jacques avait entendu son nom, il était trop tard. Ou, plutôt, il avait cru qu'il était trop tard : il avait manqué son passage, il n'avait pas eu le temps d'aller chercher Raoul, tout était fichu. Mais monsieur Raymond lui avait donné un petit coup de coude en lui glissant un « Merde » au dernier instant.

Jacques s'était levé, raide, sans force. Il avait monté les trois marches jusqu'à la scène, salué le jury d'un mouvement hésitant de la tête et s'était rendu dans la coulisse, certain que Raoul n'aurait pas retrouvé son chemin, ou que, s'il s'était rappelé l'itinéraire, il aurait fui en entendant la rumeur de la salle.

Mais Raoul était là, impeccable, baigné de sueur dans son costume, le visage aussi blanc que le tissu de sa chemise, plus grand et plus gros que lorsque Jacques lui avait tapé sur l'épaule à peine une heure plus tôt. Ses énormes chaussures noires luisaient dans la pénombre et Jacques n'avait pu s'empêcher d'imaginer Raoul et Maria Hofman, brosse et chiffon à la main, s'échinant à faire briller le cuir centenaire. Les yeux de Raoul, ses beaux yeux bleus, suppliaient Jacques. Ne m'emmène pas. Ne me fais pas aller devant ces gens. Je ne vais pas y arriver. Je n'ai pas mon brevet. Je n'ai jamais su m'y prendre. Jamais. Avec rien. Je veux rentrer à la maison. Je veux voir ma mère. Je veux regarder la télé et puis dormir.

– Tu te souviens ? avait dit Jacques. Deux fois fort, trois fois moins fort et tu commences. *Ich hab' ein glühend Messer, Ein Messer in meiner Brust...* etc.

– J'ai un couteau planté dans le cœur.

– Qu'est-ce que tu racontes ? C'est le trac.

– Non, c'est les paroles de la chanson. J'ai un couteau planté dans le cœur.

– Ça va nous porter chance. Allez, viens.

Et ils y étaient allés. Mal assortis. Deux garçons qui n'auraient jamais dû se rencontrer et ne trouvaient rien à se dire dès qu'ils avaient achevé leur travail sur la musique. Mais, pendant que Jacques jouait, pendant que Raoul chantait, ils ne faisaient qu'un, parfaitement unis et voluptueux, si unis et si voluptueux qu'il leur était impossible de se regarder après les répétitions, de se dire au revoir. Ils se quittaient sans un mot dès que le réveil que Jacques avait réglé d'avance sonnait. Et voilà qu'ils s'avançaient sur la petite scène de l'auditorium, l'un derrière l'autre, comme des soldats à la manœuvre, le grand calant ses pas sur ceux du petit, le nez du grand sur le crâne du petit.

Il y eut un rire unique et bref dans la salle, et puis plus rien.

Une brume, un de ces brouillards si denses, si chargés d'eau qu'ils avalent la lumière et les sons, enveloppa les deux garçons. Ni l'un ni l'autre n'entendait, ne sentait la moindre chose. Pourtant les doigts se déplaçaient sur le clavier, les coudes, les poignets se ployaient, la colonne vertébrale et les omoplates poussaient vers l'avant comme pour fouiller les entrailles du piano, et la bouche énorme de l'énorme garçon s'ouvrait comme un four et gueulait sa complainte avec une puissance et une tendresse de veau. *O weh !* hurlait-il avec douceur, les bras le long du corps, sans bouger. On aurait presque dit qu'il ne respirait pas tant ses épaules demeuraient immobiles, pétrifiées par la toile du costume.

Ils n'entendirent pas non plus l'applaudissement spontané qui avait échappé à un membre du jury. Ils ne retrouvèrent l'ouïe que lorsqu'une voix derrière le rideau de scène s'écria : « C'est quoi cette odeur ! ÇA PUE ! »

Face au pupitre, devant l'orchestre, Jacques se prépare à lever sa baguette. Dans son dos, il entend les retardataires gagner leur place, les parents dire aux enfants de se taire. Il se retourne un instant et distingue deux femmes au quatrième et au cinquième rang qui ont exactement le même pull en mohair avec des broderies en perles et des motifs compliqués ; elles rient de bon cœur, sans doute amusées par cette coïncidence.

L'installation ne s'est pas faite comme à l'accoutumée. On manque de bras, lui a expliqué Éliette, l'épouse du maire de la commune qui s'est récemment mise au hautbois et rêve d'intégrer les rangs de l'harmonie. Pour l'instant, elle appartient à l'orchestre des jeunes. Jacques sait qu'il devrait l'appeler par son prénom – Éliette, c'est joli –, mais parce que c'est la femme du maire, il ne peut s'empêcher de l'appeler madame. Elle aide à disposer les chaises avant chaque concert. C'est la plus ardente des bénévoles, avec Jocelyne.

Jocelyne, qui est toujours là deux heures à l'avance pour veiller à l'organisation, n'est pas venue aujourd'hui. C'est la première fois qu'elle manque à sa mission. Jacques ne lui en veut pas. On ne peut rien reprocher à Jocelyne parce qu'elle a tant souffert. Son malheur lui dessine comme un halo, un voile de sainteté. Le chef espère qu'il ne lui est rien arrivé de mal. Sans oser scruter l'assemblée pour s'assurer de sa présence, il cherche à lire la solution à cette énigme dans les yeux des musiciens vers lesquels il se tourne à présent. Où est Jocelyne ? leur demande-t-il silencieusement. Mais aucun d'eux ne comprend sa question muette. Ils lisent cependant l'inquiétude dans son regard et tentent de le rassurer sans un mot. Nous n'oublierons pas la reprise à la mesure 21, répondent-ils intérieurement, concentrés et anxieux. Les changements d'armure ont été soulignés au feutre fluorescent, aucune altération ne sera négligée. Nous suivrons scrupuleusement les battues, nous ne respirerons pas avant la blanche pointée. Chacun pour soi coche les erreurs à éviter, tout ce qui a été rabâché en répétition. Jacques remarque que Madeline, la deuxième corniste après le pupitre des flûtes, a les yeux brillants, comme emplis de larmes. N'est-ce pas son fils qui a eu un accident de moto, deux semaines plus tôt ? Pourquoi ce sentiment de fragilité remplace-t-il sa ferveur habituelle ? Vincent, le saxophoniste au deuxième rang, a, lui aussi, le regard fiévreux. L'approche de Noël est une période difficile pour les familles, celles qui manquent d'argent pour les cadeaux, celles qui ont subi un deuil ou une séparation. La joie forcée des fêtes combinée à la fatigue des préparatifs crée une turbulence sourde, emmêle les sentiments dans un écheveau poisseux. L'excitation des enfants et la lassitude des vieux s'affûtent réciproquement.

Jacques se met à douter de la pertinence de son annonce. Il est encore temps de modifier son discours, d'y renoncer tout simplement. Se contenter d'un « Joyeux Noël et bonne année à tous » serait préférable au coup d'éclat qu'il a prévu. Retraite anticipée à tous les étages. On me vire de mon boulot, je me vire de l'orchestre. Place aux jeunes. Titouan, mon fils, l'heure de la relève a sonné. Comme ces paroles écrites dans l'effervescence de l'insomnie semblent arrogantes et vaines à présent. Qui se soucie ici de la DRH tatouée ? Vous êtes jeune, vous avez des tas de projets. Et si papa était dans la salle, comme il rirait, comme il aurait raison de se moquer de la pompe dénuée d'élégance de son rejeton. Mais papa ne vient jamais aux concerts. Papa va écouter le symphonique à la Philharmonie, papa se délecte des amples poumons de Bayreuth, il prend le train, l'avion, roule toute la nuit à 180 sur les autoroutes d'Europe désertes et arrive au petit matin à Orange pour boire un café avec les habitués des Chorégies.

Ici, dans la salle des fêtes où le concert de Noël va bientôt commencer, personne ne connaît papa. Ici, c'est Jacques, le chef.

Derrière les deux rangées de flûtistes, à gauche des trombones, Raoul tient son tuba au creux du coude comme un bébé. Depuis des années Jacques a pris soin de ne jamais croiser son regard. C'est un pacte entre eux, scellé depuis longtemps. Mais voilà, un instant de distraction, à cause du licenciement, à cause du discours d'adieu. Une seconde durant laquelle ils se surprennent l'un l'autre, se fixent. Une seconde qui efface le temps, les péripéties, les menus et les grands événements de leur vie, pour ne laisser que la sensation aiguë de la volupté passée.

Lorsque Raoul s'était présenté à l'orchestre, quinze ans plus tôt, le chef l'avait reconnu aussitôt, il avait amorcé un geste, une accolade, mais les yeux bleus qui n'avaient rien perdu de leur candeur l'avaient supplié comme autrefois : Ne me salue pas. Fais comme si tu ne m'avais jamais vu. Permets-moi de ne pas revivre la honte. Laissons l'humiliation où elle est, dans le passé, enfouie derrière d'autres souvenirs. Je vais me présenter.

On va faire comme si on ne connaissait pas. On va jouer le jeu. Tous les deux. « Bonjour, je m'appelle Raoul Hofman. J'ai vu l'annonce à la boulangerie comme quoi vous cherchiez un euphonium. Je peux passer une audition si vous voulez. » Jacques avait obéi. « Bonjour monsieur Hofman. C'est très gentil à vous. L'audition ne sera pas nécessaire. »

Dès les premières notes, le chef avait été terrassé par le velouté du son, la justesse presque irréelle, les attaques poignantes. Raoul avait donc fini par apprendre la musique. Il n'avait pas son brevet, mais il savait lire les notes. À moins que… Ce garçon-là était capable de tout faire à l'oreille. Qu'est-ce que ça changeait ?

Chaque fois qu'il établissait le programme de l'année, Jacques commençait par étudier la voix qu'il destinait à Raoul. Ce n'était pas seulement parce qu'un solo mis en valeur par un musicien de sa trempe galvanisait le reste de l'orchestre, c'était aussi et surtout – même si Jacques n'en était pas conscient – pour se faire pardonner, à quarante-cinq années de distance, d'avoir exposé au ridicule celui qu'il n'avait jamais réussi à nommer « mon ami », pas même « mon partenaire », pour réparer le tort qu'il lui avait causé en le forçant, alors qu'il était si timide, à se produire en public, au conservatoire, là où les gros garçons comme lui qui n'avaient même pas leur brevet n'avaient rien à faire.

Madame Hofman avait mis le pantalon souillé de l'aïeul à tremper dans le tub où, autrefois, elle lavait son merveilleux bébé joufflu. Elle n'avait pas grondé, n'avait pas posé de questions. La honte, elle connaissait. L'humiliation aussi.

Les yeux de Jacques ne parviennent pas à se détacher de ceux de Raoul. Dans le silence particulier qui précède la musique, chacun d'eux entend le compagnon errant lancer son *O weh !* éperdu. De nouveau, ils sont unis, dans la volupté.

C'est déjà l'entracte, le moment du discours, le passage de relais. Où est Titouan ? Qu'ont-ils joué ? Le chef n'a rien entendu. Il a écarté les bras, s'est penché vers l'avant, sur le côté, une main vers le plafond et l'autre vers le sol comme pour introduire, ou extraire, mais quoi ? Il a tendu les doigts, levé l'index, sautillé sur place, il a souri, fait de grands moulinets, compté une mesure à vide, indiqué le tempo en articulant silencieusement Deux-trois-quatre tout en agitant sa baguette au même rythme, il a serré le poing pour arrêter le son, assemblé l'index et le pouce pour mettre fin à la note tenue des saxophones, adressé un signe aux trompettes pour leur départ sur le contretemps, fait les gros yeux aux clarinettes pour qu'elles donnent plus de volume, posé un doigt sur son oreille en regardant les flûtes pour exiger davantage de justesse. Mais durant tout ce temps, il ne pensait qu'au compagnon errant et à son interminable promenade.

On lui tend le micro. Il va devoir prendre la parole.

– Joyeux Noël à tous, et bonne année, on va passer le chapeau.

Le chef désigne un petit garçon au premier rang et une fillette deux rangées plus loin. Elle est nouvelle au village, il ne la connaît pas. Brune, maigre, intense, elle lui rappelle quelqu'un. Une petite qui traînait souvent devant la salle de répétition, il y a dix ou quinze ans. Plusieurs fois il avait regretté de ne pas l'avoir invitée à les rejoindre. Ce n'est pas si courant, les enfants mélomanes. Heureusement, elle avait fait son chemin.

Le garçon, c'est autre chose. Jacques sait qui c'est. Le fils de Cédric Logier. Le si regretté Cédric. Il n'y avait que lui pour connaître à la fois ses notes et celles des autres. Jamais un faux départ, pas une nuance oubliée, un phrasé suave comme le parfum des daphnés. Face à sa tombe, Matthieu, son meilleur ami, avait joué au trombone la *Marche funèbre* de Chopin, et *Because* des Beatles, la chanson préférée de Cédric. Tout le monde pleurait, sauf sa femme et son fils qui serraient si fort les dents qu'on les aurait dit prêts à bondir et à mordre.

Le garçon s'appelle Matis et il est infernal. Il a déjà cette réputation. Mais aux concerts il ne fait jamais de bruit. Sa mère l'accompagne, Jacques se souvient qu'elle a pourtant la musique en horreur. Jacques aimait beaucoup Cédric. Et Cédric s'est tué d'un coup de carabine. Il devait s'enfermer dans sa voiture pour jouer du piccolo tant le son de l'instrument agaçait sa femme. Jacques n'a jamais pensé que c'était à cause de cela que Cédric s'était tué. Il ne pense pas non plus que Matis est dissipé parce qu'il n'a pas de père. Il s'étonne seulement que cet enfant si turbulent se tienne si bien les soirs de concert.

Il remarque soudain quelque chose de changé chez la mère. Qu'est-ce que ça peut bien être ? Serait-elle allée chez le coiffeur ? Ou alors c'est une nouvelle veste qu'elle étrenne pour l'occasion. Ah non, non, c'est autre chose, se dit Jacques. Tout à fait autre chose. Il ne s'y attendait pas, tout en ignorant qu'il l'attendait. Madame Logier sourit. Elle sourit à quelqu'un, pas à Jacques, à quelqu'un qui se trouve dans le dos du chef. À qui cette expression à la fois complice et douce – sur un visage qui n'affiche d'ordinaire que la fureur – peut-elle s'adresser ? Le temps qu'il se retourne vers les musiciens, la mimique s'est modifiée. Candice Logier (mais personne au village ne connaît son prénom si raffiné et qui lui va si mal) a retrouvé sa mauvaise tête de dogue.

Matis et Lila s'emparent chacun d'un chapeau et se partagent la salle sans s'adresser un mot. Les pièces et les billets s'accumulent. Chacun chérit son trésor. Quand Matis se poste à la hauteur de Jocelyne, qui a fini par arriver, celle-ci cherche dans son sac les cinq euros qu'elle avait mis de côté la veille en prévision de la quête. Le billet n'est plus dans son porte-monnaie, il n'y en a qu'un de vingt. C'est beaucoup d'argent pour Jocelyne qui travaille à la garderie de l'école à mi-temps. Monsieur le maire lui a parlé d'un CDI à temps plein. Sans doute pour la consoler. À l'âge qu'elle a, elle n'y croit plus. Qu'à cela ne tienne, c'est Noël et elle ne peut rien refuser à Matis, le garçon le plus diable de l'école. Il a disparu aujourd'hui, après la sonnerie, et personne ne sait où il est allé. C'est pour cela qu'elle n'est pas venue installer les chaises, parce qu'elle a appelé la gendarmerie et monsieur le maire, parce que ça l'a rendue à moitié folle. Mais Matis est revenu. Et ça vaut bien vingt euros. Elle pose le billet dans le chapeau et dit au petit garçon :

– Tu es revenu.

– J'avais disparu mais quelqu'un m'a trouvé, répond-il.

– Qui t'a trouvé, mon chéri ?

– C'est un secret. Même si tu me donnais cent euros, je te le dirais pas.

– Je n'ai pas cent euros, alors tu peux garder ton secret. L'important, c'est que tu sois là.

Une fois la quête achevée, Lila et Matis comparent leur butin.

– C'est moi qu'en ai le plus, dit Matis.

– Non, c'est moi, dit Lila.

– Moi, les gens me donnent parce qu'ils me connaissent depuis que je suis né.

– Moi, les gens me donnent parce qu'ils ne me connaissent pas.

Les deux enfants se regardent, frappés par la coïncidence de ces deux causes opposées. Ils froncent les sourcils et hochent la tête, heureux de cette découverte.

Sur scène, le chef donne quelques brefs coups de baguette sur son pupitre, la deuxième partie du concert va commencer.

C'était un hiver lumineux et sec où rien ne semblait vouloir mourir. Les rosiers continuaient de porter des fleurs, plus chétives qu'au printemps, moins parfumées qu'en été, aux pétales décolorés presque transparents. Les framboisiers laissaient pendre à leurs sommets recourbés d'étranges têtes rouges qui paraissaient confuses lorsque le dernier éclat du soleil allait les dénicher sous les feuilles. Les oiseaux lançaient leurs cris au cœur de la nuit sans craindre les éperviers, pas plus que les martres. Les mouches, gorgées de la canicule passée, poursuivaient leur vol, insensibles au froid qui crispait pourtant la rosée du matin.

Gabriel s'était réveillé dans un fossé où le gel aurait dû achever le travail amorcé par l'évanouissement. Il avait trop bu, il avait trop fumé, et le comprimé qu'il avait avalé pour se redonner un peu d'énergie avait fait exploser quelque chose dans sa poitrine. Pourtant il s'était réveillé. Combien de temps avait-il dormi ? Glacé, il avait quitté le creux en bord de route qui aurait dû lui servir de tombe.

Dans le cerveau de Marie-Laure, un anévrisme s'était rompu. La fenêtre n'avait soudain plus été séparée en huit carreaux. C'était devenu un grand rectangle uni d'un bel orange vif. Voulant attirer l'attention de son fils sur ce phénomène, Marie-Laure avait pointé le doigt sans réussir à parler. Son garçon de CM1 qui était venu lui demander de l'aide pour le passé composé était retourné bredouille dans sa chambre. L'éblouissement dissipé, Marie-Laure s'était replongée dans la rédaction de ses cartes de vœux truffées de fautes d'orthographe.

Pourquoi avait-on dit à Rinaldo qu'il ne fallait pas mettre sa tête dans un sac ? C'était pourtant bien agréable d'être caché là, rien que la tête, invisible mais caché quand même. On devenait tout mou, comme si on allait s'endormir, dans l'ombre douillette du sac, à respirer le poison que les poumons venaient de recracher. Mais sa sœur aînée avait surgi et lui avait retiré son chapeau maléfique.

Valentin, le chat que la rêveuse secrétaire de mairie Mariette Legarni avait baptisé ainsi pour se porter chance en amour, mordait bravement la patte qu'il s'était coincée dans un piège à renard et dont il faudrait bien qu'il s'ampute, avec patience, sans dégoût, buvant à mesure le sang qui s'en écoulait et n'établissant pas de lien entre la douleur qui le faisait trembler d'un bout à l'autre de l'échine et les coups de dents qu'il infligeait à sa chair.

Rien ni personne ne mourait. Ni Gabriel ni Marie-Laure ni Rinaldo, pas plus que le chat de Mariette. Le jour lui-même ne ternissait pas ; il régnait, blanc et mat, de neuf heures à seize heures, avant de répandre sur la nuit un zeste de lumière argentée. « La lune ne décroît pas », disait Dodelin le fossoyeur à Taffanel le terrassier. Et Taffanel répondait : « Non, elle décroît pas, elle croît. En tout cas, qu'est-ce qu'elle est grosse. » Et la lune énorme projetait à terre, sur les mousses qui persistaient malgré les bottes, les silex, les pneus des tracteurs et des autos – tout ce qui, sans le vouloir, les blessait et les écrasait –, les ombres longues des deux hommes en conversation.

C'est toujours moi la méchante, pense Goneril, la poitrine dans un étau, en repassant la chemise blanche de son fils. Elle s'est tenue devant la porte fermée pour parlementer une heure durant. Hugo n'a pas répondu. Avait-il son casque sur les oreilles ? Elle a pris l'habitude de parler en vain, de s'exprimer au cas où. Elle ne lui en veut pas. C'est normal à son âge. Qui a envie de parler avec sa mère à dix-sept ans ? Oh, c'est banal cette réflexion, s'agace-t-elle. Comme j'ai un prénom original, les gens s'attendent à ce que je sois différente, amusante, peut-être dangereuse, en tout cas pas conventionnelle. Souvent, ils sont déçus. Les extravagants, c'étaient mes parents.

Angel Eyes passe à la radio. Goneril balance les hanches d'un côté à l'autre. Elle danse sa petite danse timide de mère de famille. La vapeur du fer réchauffe son visage. Elle est sortie fumer pour de faux dans le froid de la nuit déjà tombée et elle ne parvient pas à se réchauffer. Depuis son perron, un bâton de réglisse glissé entre l'index et le majeur pour mimer la cigarette, il lui a semblé voir la grille de la clôture se durcir, l'écorce des arbres se figer, les rares feuilles s'émailler. Si je reste là, debout dans le froid, sans bouger, moi aussi je finirai pétrifiée. Ces heures de la fin de journée sont toujours les plus difficiles. Il y a encore peu de temps, c'était la course : donner le bain, jouer aux Playmobil, aux Kapla, puis, quelques années plus tard, vérifier les devoirs, surveiller la musique, le solfège, ramasser les chaussettes de Clara qui préférait marcher pieds nus et semait des pelotes colorées de la taille de balles de tennis partout dans la maison, ranger les baskets d'Hugo qui étaient devenues soudain si grandes qu'on ne savait plus où les mettre ; elles paraissaient, telles d'interminables barges, voguer dans le canal de l'entrée qui menait à la cuisine.

Quand elle se mettait au lit avant vingt-trois heures aux côtés de Michel, Goneril était si fatiguée qu'elle s'endormait pendant que son mari lui parlait. Et pourtant, il était intéressant. Lui, c'était tout le contraire d'elle. Il avait un prénom banal, mais c'était un original. « Michel, c'est un vrai numéro », disaient ses collègues avec un sourire affectueux, et, pour elle-même, Goneril l'appelait parfois, à leur manière, « le numéro ». Michel n'était jamais fatigué. Souvent, il se levait d'un bond, alors qu'ils étaient à table ou qu'il lisait le journal au salon, et s'écriait : « J'ai une idée ! » et cette idée exigeait d'être exécutée sans délai. Il prenait une scie, s'emparait des pinceaux, sortait la double échelle de la remise. D'autres fois, il grimpait dans la voiture et faisait quarante-cinq kilomètres pour aller acheter une bourriche d'huîtres chez un producteur qu'il connaissait, ou une andouille dans une ferme des environs. Il était peintre, maçon, cuisinier, toujours mobile, sur le départ, sans cesse il accomplissait. Une fois terminée sa journée de travail aux docks où il était responsable logistique, il rentrait à la maison en voiture, entonnant à tue-tête les chansons que proposait sa station de radio favorite, et enchaînait sur une autre journée qui suivait entièrement sa fantaisie. Rien ne lui faisait peur, rien ne le rebutait. Il savait coudre et enduire, jouer de la guitare et réparer un moteur, bouturer des rosiers et installer une fosse septique.

Michel n'était pas le père des enfants. « Je les adore, disait-il. La petite est mon bijou. Le grand, c'est moins facile, mais c'est normal. C'était déjà un p'tit bout d'homme quand j'ai débarqué dans sa vie. »

Chaque fois que Michel parlait des enfants, Goneril sentait un nœud se former au creux de son estomac. Elle ne lui avait pas donné ce qu'il méritait. C'était un homme si bon, si dynamique et loyal. Elle savait que les autres femmes le lui enviaient. L'homme idéal, c'était son autre surnom.

Elle l'avait rencontré alors qu'elle était malade. Amaigrie, avec ses cheveux qui peinaient à repousser, elle n'y avait pas cru quand il lui avait proposé d'aller boire un verre avec lui. Ils s'étaient croisés au supermarché. Elle poussait péniblement son chariot et, au moment où il s'était placé derrière elle dans la queue, elle lui avait dit : « À votre place, je me mettrais dans celle d'à côté. Je n'ai pas de bol. Je choisis toujours la caisse la plus lente. » Michel avait ri : « Je souffre du même syndrome. Peut-être qu'à deux, ça s'annule », et ils avaient entamé une conversation légère sur la bonne fortune des uns et la poisse des autres. Sur le parking, alors qu'il l'aidait à déposer les sacs dans son coffre, Goneril s'était confiée à Michel, sans l'avoir décidé. Ses paroles allaient beaucoup plus vite que sa pensée, comme projetées par une cataracte. J'ai divorcé deux fois. J'ai deux enfants de deux pères différents. Je suis encore en traitement. Cancer de l'utérus. Ils m'ont tout enlevé. J'ai perdu quinze kilos. J'ai mal aux pieds et aux mains. Je n'ai pas la force de préparer à manger le soir. Je n'achète que des plats tout faits pour mes enfants. Ils vont devenir obèses à cause de moi. La petite, je ne lui ai jamais lu d'histoires. Je suis tombée malade quand elle avait deux ans. Si elle est en échec scolaire, je saurai pourquoi. Mon premier mari, le père d'Hugo, est mort après que je l'ai quitté. Il a fait un infarctus. Je lui ai brisé le cœur, autrement dit. Mon deuxième est en redressement judiciaire. Je ne touche pas de pension. Mes parents m'aident. Ma mère a l'air plus jeune que moi. Elle a tous ses cheveux. Mon fils est doué. Il réussit tout ce qu'il fait. Mais il est dur. Qu'est-ce qu'il est dur. Et ce n'est pas encore l'adolescence. Qu'est-ce que ça va donner ? Qu'est-ce qu'on va devenir ? Vous avez des enfants ?

– Non.

– Faut que j'y aille, il est tard.

– Vous voulez boire un verre ? Je vois que vous êtes pressée, alors pas ce soir, mais une autre fois, si ça vous dit. Je ne veux surtout pas insister. Vous allez penser que je suis un dragueur des supermarchés, comme dans la chanson de Dutronc. Vous connaissez ?

– La chanson ? Non, je ne connais pas.

– Tant mieux. En tout cas, je ne suis pas comme ça. Je ne sais pas ce qui m'a pris. Je suis désolé d'avoir été si direct. Parfois, j'ai des idées qui me viennent. Mais je suis plutôt timide en général. Je ne sais pas ce qui m'a pris, vraiment. Désolé. Si vous voulez, je vous laisse mon numéro de téléphone, comme ça vous réfléchissez.

– J'accepte. Je veux dire, j'accepte le verre, pas le numéro. Enfin si, je veux bien votre numéro, mais le verre, c'est d'accord. Les enfants sont chez leurs grands-parents vendredi.

– Alors vendredi ?

– Oui, vendredi.

Devant le miroir, Goneril avait essayé quatre robes. C'était comme lorsqu'elle avait huit ans et qu'elle enfilait en cachette les tenues de sa mère. Noyée dans le tissu, elle ressemblait à un vieux parapluie. Michel ne lui avait pas donné son numéro de téléphone. Elle ne savait pas à l'époque qu'il s'appelait Michel. Elle pensait : le type à la caisse. Elle ne pouvait pas annuler. Si elle n'y allait pas, ce serait un lapin. Bon débarras pour lui, elle n'était plus bonne à rien. Bon débarras pour elle, c'était sûrement un pervers. Aborder une femme au supermarché.

Goneril observa son visage. Elle reconnaissait ses yeux, mais pas son regard. Son ancien regard était parti loin d'elle. Elle n'irait pas. Piétinant les robes éparpillées sur le sol, elle remit son jogging et ses grosses baskets, les seules chaussures qui ne lui blessaient pas les pieds.

Il l'attendrait au 14. Elle avait fréquenté ce bar du port autrefois. Elle se rappelait la déco façon bateau. Quand il avait ouvert, ça faisait luxe. Aujourd'hui, c'était passé de mode. Le type à la caisse serait assis sur une des banquettes, les bras ouverts en croix sur le dossier, il regarderait autour de lui. Elle arriverait en boitant légèrement, avec cette démarche incertaine que l'absence de sensation dans son pied droit lui conférait. Elle aurait le réflexe de coincer une mèche derrière son oreille, mais les cheveux lui manquant, elle laisserait retomber sa main pour la glisser, peut-être, dans la poche de sa parka. Elle essaierait de sourire et n'y parviendrait pas. Elle regretterait d'avoir enfilé cet affreux pantalon de survêtement. Le ridicule l'envahirait, comme une ivresse. Le type à la caisse, lui, n'aurait aucune peine à sourire. Il adresserait à Goneril un petit signe de tête, comme pour la féliciter d'être venue et l'encourager à approcher. Il serait confiant.

C'était ce mot qui l'avait décidée. Confiant. Elle ne pouvait pas le décevoir. Elle avait déçu trop de gens. Elle irait.

Tout ce qu'elle fait, ça m'énerve. Tout ce qu'elle dit, ça m'énerve. Je ne sais pas ce qu'elle trafique avec sa voix, mais même quand j'ai mon casque sur les oreilles et la musique à fond, je l'entends me parler. Sa voix est comme un serpent qui se faufile partout. De l'autre côté de la porte, elle se tord les doigts. Ça aussi, ça m'énerve. C'est comme si je la voyais, comme si ma porte était transparente. Elle dit « Hugo ? Hugo, tu m'entends ? » Et là, elle croise les mains en attendant ma réponse. Comme je ne réponds pas, elle se met à se frotter les paumes nerveusement, les doigts toujours entrelacés. Et elle me parle. Elle dit tout ce qu'elle a à me dire. Ses mains partent dans tous les sens, mais sans se séparer. Ses doigts gigotent, comme les asticots dans le seau du pêcheur. Jamais elle n'a les bras le long du corps quand elle me parle. C'est parce qu'elle a peur. Elle a peur de moi, que je me fâche, que je l'insulte. Parfois, je lui dis : « Tu peux pas arrêter de me faire chier ? ! » Je le répète, trois fois, quatre fois, de plus en plus fort. Ça me fait du bien. Plus je crie, plus ça me fait du bien. J'ai envie de la frapper, aussi. Mes mains se crispent, les muscles de mes bras se tendent. Je l'insulte jusqu'à ce qu'elle pleure. Je veux qu'elle pleure. Je veux qu'elle se brise. Et après, je me sens tellement mal que j'ai envie de disparaître. Je ne peux plus sortir de ma chambre. Vers dix heures du soir, Michel vient frapper à ma porte. Il me dit qu'ils vont se coucher. Qu'il reste des lasagnes dans le four, si je veux. Il me souhaite une bonne nuit. Je ne suis pas puni. On ne me prive pas de sortie, de téléphone ou de jeux vidéo. Personne ne crie sur moi. Parfois Clara glisse un mot sous ma porte avec son écriture de CE1 *Maman elle et tritse. Elle pleur dans ça chanbre.* Je ne comprends pas comment on peut faire autant de fautes d'orthographe. Moi je n'en faisais jamais. Je n'en fais toujours pas. Comment les gens peuvent-ils confondre *er* et *é* ? Pour moi, c'est comme s'ils étaient daltoniens. Quand je vois les fautes des autres, j'ai envie de hurler. Ça me met en colère. Tout me met en colère. Lola, la fille avec qui je sortais l'année dernière, m'a dit que je n'avais pas de cœur. C'est pour ça qu'elle m'a largué. Parce que je n'avais pas de cœur. C'est quoi, la logique ? Quand elle a dit ça, j'ai vu mon cœur à l'intérieur de ma poitrine comme sur une plaque radiographique. Il n'était pas gonflé et arrondi comme sont les cœurs. Au début, je n'ai même pas compris l'image qui se présentait à moi. C'était une ligne. Une simple ligne. En me concentrant, j'ai compris que c'était un élastique. Un élastique tellement tendu, tendu si fort qu'il était devenu complètement raide.

La seule personne qui n'a pas de problème avec moi, c'est Soren. On s'est connus en CM2. Lui non plus, il ne fait pas de fautes d'orthographe. Il est calme. À dix ans, il était déjà calme comme un bouddha. On jouait aux échecs à l'étude et quand il perdait, il me disait : « Bien joué. » Moi, quand je perdais, je renversais le plateau et je me faisais gronder par Jocelyne, la dame qui surveillait la garderie. Soren m'aidait à ramasser les pièces éparpillées. Je m'attendais à ce qu'il me dise un truc énervant, du genre : « C'est pas la peine de te mettre dans un état pareil. » Mais il ne faisait aucune remarque. Un jour, je lui ai demandé pourquoi il continuait à jouer avec moi alors que je pétais les plombs dès que j'étais mat. Il m'a répondu : « Parce que tu joues mieux que les autres. » J'ai cessé d'être mauvais perdant à ce moment-là. C'était comme si, pour la première fois, j'entendais une parole juste.

Soren est à l'hôpital. Dans le coma. C'est à cause de moi.

Goneril a pendu la chemise blanche d'Hugo sur un cintre. Elle est fière que son fils porte des chemises. Les longues manches vides lui rappellent ses bras gracieux d'adolescent. Dans le salon Clara joue trop vite un quatre mains choisi par sa grand-mère. Lorsqu'elles le joueront ensemble, Véra, la mère de Goneril, la poitrine ornée de ses trois colliers d'ambre, félicitera la fillette pour sa créativité et l'encouragera à improviser. Clara plantera des accords dissonants au hasard sur le clavier sous les applaudissements de sa partenaire fantasque. Goneril se bouchera les oreilles de l'intérieur, comme elle a appris à le faire très tôt dans sa vie pour supporter le vacarme et les exclamations de ses parents excentriques.

Sans savoir pourquoi, elle sent un apaisement profond se répandre en elle. Tout son corps se détend tandis qu'elle monte l'escalier qui mène aux chambres. Ce n'est pas le fruit d'une décision. Ce sont ses jambes qui l'emmènent. Sa gorge est pleine, comme une cruche est pleine. Les paroles vont en sortir. Elle ignore encore ce qu'elle dira. Elle s'est trompée tout à l'heure en parlant à Hugo de la peine qu'il lui faisait à rester enfermé ainsi. Elle tremblait et se tordait les mains. Elle sait combien elle l'énerve, elle sent la violence de son fils se jeter sur elle, même à travers la cloison. Parfois, lorsqu'il est à bout de nerfs, elle songe qu'il faudrait qu'elle se taise, qu'elle s'éclipse, mais quelque chose en elle se cabre et elle prononce la phrase de trop d'une voix chevrotante qu'il exècre. Elle ne peut pas s'en empêcher. C'est comme si elle voulait l'entendre dire : « Tu peux pas arrêter de me faire chier ? » Elle veut qu'il hurle. Mais pas maintenant. Maintenant, elle est calme. Une mer d'huile. Elle se poste devant la porte interdite, la porte toujours close d'Hugo, et se met à parler, sans lui demander s'il l'écoute, face au bois peint en violet foncé orné d'un panneau « Défense d'entrer ». Son fils l'a volé sur un chantier et accroché là, pile à hauteur de tête. Goneril profite de la rondeur du disque en métal cerclé de rouge pour s'imaginer qu'elle a, devant le sien, un visage, le visage de son fils.

– Madeline et moi, on était très amies au collège, dit-elle. Je ne sais pas comment c'est, les amis garçons. J'ai l'impression que c'est moins fort. Nous, c'était comme de l'amour. Je trouvais que Madeline était la personne la plus belle que j'aie jamais vue. Je connaissais sa peau, ses cheveux, ses ongles, le rose de ses gencives, le cal sous son talon, la forme de son nombril, ses épaules plus carrées que les miennes, ses hanches plus étroites, ses pieds très petits, trop petits pour sa taille, et si jolis. Je collectionnais les détails et cela me procurait une sensation de fierté comme je n'en ai jamais connu après, ou peut-être si, quand vous êtes nés, ta sœur et toi. La première fois que je vous ai vus, impossible de décrire ce sentiment, une émotion qui ne tient pas dans un corps, qui déborde de partout. Je crois que Madeline éprouvait la même chose.

Lorsque Goneril était avec Madeline, elle était emplie de miel. Elle était plus belle et plus intelligente. Elle était spirituelle et raffinée. Ensemble, elles choisissaient un endroit, dans leur quartier, derrière le collège, dans la forêt où les familles allaient pique-niquer le dimanche, et elles inventaient une vie, leur vie future, à partir de là, c'est-à-dire à partir de rien. Il leur fallait d'abord construire une maison, puis ouvrir une boutique (les jours où elles s'imaginaient vendant des savons artisanaux), un restaurant (quand elles se voyaient cuisinières), une ferme (quand elles décidaient de devenir éleveuses). Elles fabriquaient chaque pan de mur, chaque clôture, elles sélectionnaient les teintes des peintures, les motifs des papiers peints. Elles meublaient, décoraient, creusaient une piscine alimentée à l'eau de source, cousaient des rideaux, suspendaient des hamacs. Parfois, un garçon surgissait ; c'était l'amoureux. L'amoureux de l'une ou l'amoureux de l'autre. Il avait les cheveux hirsutes, un tee-shirt blanc trop large, il était maigre, bronzé ; il avait l'air brutal, mais c'était une façade, en secret il lisait des poèmes de Rimbaud. À deux, elles pouvaient tout inventer et elles pouvaient tout vivre. Leurs phrases commençaient souvent par « Et là, il y aurait... », l'une décrivait, l'autre hochait la tête, ajoutait un détail, proposait une amélioration. Certains jours, où elles étaient vraiment en forme et où rien ne venait déranger leur rêverie éveillée, elles atteignaient des paroxysmes de félicité. Leur sang circulait différemment dans leurs veines, comme s'il s'était chargé de bulles ou d'électricité, un moteur ronronnait entre elles, elles marchaient sur un fil tendu au-dessus du précipice de l'habitude, de l'ordinaire, du traintrain de la famille et de l'école. Bien entraînées, elles réussissaient à décoller en cinq minutes, l'espace d'un interclasse, de l'attente à la cantine. Elles fonctionnaient alors par mots-clés et atteignaient l'ivresse commune – ce flash d'exaltation – à des vitesses record. Le bien-être se distillait en elles pendant les heures qui suivaient, sciences et vie de la Terre, physique, français, tout était planant, parfumé au patchouli, à l'herbe coupée, à la lavande, au savon de Marseille, au goudron frais et aux premières fraises. Les professeurs constataient qu'elles étaient ailleurs, les parents aussi, mais on ne pouvait rien leur reprocher. Elles avaient de bonnes notes, parlaient poliment, rangeaient les assiettes dans le lave-vaisselle, simplement elles étaient ailleurs, complètement ensemble et complètement ailleurs, sur un îlot de bonheur où rien ni personne ne pouvait accoster.

Et puis, un jour, un garçon était apparu. Arrivé du Sud au milieu de leur année de troisième. Cheveux hirsutes, teint mat, joues creuses. « Quel nullos », avait dit Goneril. Mais c'était trop tard. Madeline avait pris feu.

Hugo a retiré le casque de ses oreilles. Il a éteint la musique. Il s'est approché de la porte en boitillant à peine – la cheville foulée lors de l'accident se réparait déjà – et a collé son oreille dessus. On n'entend presque rien. C'est une source au fond d'une grotte, le bruissement des feuilles sous les pattes d'un lièvre. Il ferme les yeux, se concentre. La voix de sa mère est débarrassée des harmoniques aiguës. Elle a des douceurs de mailloche. De quoi parle-t-elle ? Est-elle assise ? Est-elle debout ? Il ne parvient pas à l'imaginer. La porte de sa chambre, cette fine cloison qui les sépare, est devenue opaque. Soudain, il ne se rappelle plus le visage de sa mère. Son ancien visage, celui qu'il connaît, répond au nom de maman. Il ignore à quoi ressemble celui de la personne qui raconte cette histoire qu'il n'a jamais entendue et a pourtant l'impression de reconnaître. Une soif s'étanche et réveille une autre soif, moins exigeante, qui ne veut pas s'apaiser, un manque qui n'est pas synonyme de besoin, mais d'immensité. L'amie dont parle sa mère, il la connaît, c'est Madeline, la mère de Soren. Il n'est pas à l'aise quand il la voit parce que, bien qu'elle soit vieille, bien qu'elle soit la mère de son meilleur ami, bien qu'elle ait une espèce de duvet bizarre sur les joues, il y a quelque chose avec sa poitrine qui l'oblige à regarder ses seins alors qu'il n'en a pas du tout envie. Il sent qu'elle le voit les fixer et ça la gêne, elle aussi. C'est une femme réservée. Mais voilà, elle a cette poitrine haute et ferme, altière entre ses larges épaules rondes, et malgré ses tenues ordinaires de mère de famille discrète, le regard s'y égare.

Hugo ignore tout de cette amitié entre les deux jeunes filles. Il ne s'est jamais demandé ce qu'avait été la vie de sa mère avant sa naissance. Il a vu certaines photos d'elle enfant, dans des albums de famille, sur le frigo des grands-parents, mais c'est comme si la petite fille aux yeux sombres et cernés, si pensive qu'on la dirait presque abrutie, était quelqu'un d'autre, pas Goneril, pas maman, quelqu'un qui n'a rien à voir avec lui. Quant à l'adolescente flamboyante – car oui, il y avait eu un moment de grâce, entre quinze et dix-sept ans, lorsque les hormones avaient attaqué la maigreur, remportant une victoire éphémère –, Hugo la regardait à peine. C'était une image figée, morte, lui évoquant les ovales cireux des stars d'autrefois photographiées par Harcourt. Goneril avait été une beauté deux années durant, parfaitement ignorante de son pouvoir de séduction. Hugo ne parvenait à établir aucun lien entre la pin-up brune et sauvage dont le portrait en pied et grandeur nature tapissait la porte des toilettes de Pafou et Mini, ses grands-parents foutraques, et lui-même.

– Un nullos, mais Madeline est tombée amoureuse de lui, poursuit Goneril, incapable de s'arrêter alors qu'elle pressent, alors qu'elle sait qu'il vaudrait mieux qu'elle s'interrompe, parce que ce qu'elle s'apprête à révéler est un secret dont elle n'aurait jamais cru qu'elle s'ouvrirait à qui que ce soit et encore moins à son fils. Ils ont commencé à sortir ensemble et ils ont couché ensemble. C'était son premier garçon. À l'époque, c'était plus un événement que maintenant. Elle m'a tout raconté en détail et ça me dégoûtait. Elle me disait que « son truc » – c'est comme ça qu'elle l'appelait – était si gros qu'il n'arrivait pas à le rentrer, mais qu'il avait fini par le faire et qu'elle avait eu très mal. Je n'étais pas gênée parce que c'était intime, j'étais gênée parce que c'était ennuyeux, les mots étaient affreux et sans intérêt, et soudain, c'était comme si toutes nos histoires, les centaines d'histoires qu'on s'était racontées l'une à l'autre et qu'on avait racontées ensemble étaient devenues de la boue, s'étaient changées en merde. Oui, voilà, c'était devenu de la merde. D'ailleurs on n'a jamais plus essayé. Le parc, la clairière à pique-nique, l'arrière du collège, on n'y est plus retournées. Nos histoires sont mortes d'un coup. Madeline n'était plus capable d'inventer. Son imagination s'était complètement rabougrie, elle ne pouvait plus faire qu'une chose : raconter comment il l'avait regardée, raconter comment il l'avait touchée. Qu'est-ce qu'elle est conne, je me disais. Comment est-ce qu'on peut être aussi conne ? Mais je l'écoutais quand même. Je ne savais pas comment faire pour qu'elle arrête de me parler de lui, je sentais que j'étais en train de ne plus l'aimer et je ne voyais rien de pire. Alors j'ai, je, j'ai. Alors j'ai. Je me suis défendue. Je, j'ai, j'ai couché avec le nullos. Son truc était pas si gros que ça et je n'ai pas eu mal.

Goneril se retient juste à temps. Elle ne dit pas à son fils qu'elle a eu un orgasme foudroyant lors de sa première fois. Elle reste aussi sobre que possible. Elle raconte qu'après ça, Madeline et elle se sont fâchées. Elles ont pleuré, elles se sont rendu les habits qu'elles s'étaient prêtés, les lettres qu'elles s'étaient envoyées, elles se sont insultées et se sont mises à se haïr autant qu'elles s'étaient aimées. Goneril sait aujourd'hui que c'est une histoire ordinaire, mais, à l'époque, elle avait eu l'impression de vivre une tragédie sans pareille. La volupté de ses larmes avait presque égalé celle que lui procuraient autrefois les histoires inventées avec Madeline.

Est-ce que le nullos est mon père ? se demande furtivement Hugo. Cette question, toute cruciale qu'elle soit, ne se fixe pas dans son esprit. Elle y volette un instant, sans tristesse, avec rapidité, comme un genre de colibri, pour s'évanouir aussitôt dans la jungle luxuriante des révélations maternelles.

– On a arrêté complètement de se voir à la fin de la seconde. Plus jamais je n'ai eu une amie comme elle. Quand vous vous êtes retrouvés dans la même classe, Soren et toi, j'ai senti un frémissement de joie. Je me suis dit que c'était l'occasion qui nous avait manqué. Mais rien ne s'est passé. Madeline était devenue Madame Parfaite avec Martial, son mari toujours impeccable. Ses robes bien repassées sentaient la Soupline, tandis que, de mon côté, tout allait mal, j'avais déjà divorcé deux fois et le cancer m'avait complètement rongée de l'intérieur. Mais ce n'était pas seulement ça. Je veux dire que ces différences entre nous n'étaient pas la vraie raison. La vraie raison, c'est que les cartes étaient distribuées et qu'on ne pouvait rien y changer. C'était moi la méchante. Je crois que c'est ça que je voulais te dire mon garçon, mon inflexible garçon. Quoi que l'on fasse, on est toujours le salaud de quelqu'un. C'est toi qui conduisais la moto, mais ç'aurait pu être lui. Vous n'aviez pas de casque ni l'un ni l'autre. Tu pourrais être mort. Et Soren est vivant. Il est solide. Je suis certaine qu'il va s'en sortir. Je me trompe souvent, je fais ce qu'il ne faut pas, je suis la reine des erreurs, des gaffes, mais j'ai un bon instinct. Fais-moi confiance, juste une fois. Seulement cette fois. Crois-moi, Hugo.

Si la porte de la chambre était transparente, Goneril verrait les larmes couler sur les joues de son fils. Elle verrait ses doigts approcher du panneau de bois comme pour le traverser et la prendre dans ses bras, se coller à elle comme lorsqu'il était petit, qu'elle venait le chercher à l'école et qu'il courait pour se jeter contre elle. Son ventre était si doux, accueillant et confortable. Son ventre, à l'époque, était encore sa maison, même si cela faisait six ans qu'il en était sorti. Il y posait sa tête quand elle lui lisait des histoires, il s'endormait dessus à la plage. Un jour, alors qu'elle le portait sur son dos, il lui avait donné un tout petit coup de talon en voulant se redresser et elle avait poussé un hurlement avant de le laisser tomber, se dégageant d'une brusque ruade, et, les mains sur le flanc, lui avait jeté un regard épouvantable. Il en ressentait encore la surprise et l'effroi. Peut-être avait-il cru alors, quand sa mère avait été hospitalisée quelques semaines plus tard et que Pafou, son grand-père, lui avait dit, d'un ton qui se voulait rassurant, que quelque chose n'allait pas dans le bidon de maman, peut-être avait-il songé que tout était parti de là, du petit coup de talon insouciant.

Hugo écoute les pas de sa mère s'éloigner dans le couloir. Il rassemble ses partitions. Ce soir, c'est le concert de Noël et il jouera le solo de trompette comme prévu. Il envoie un message à Cyprien, son voisin de pupitre, pour lui annoncer que la fièvre – une soudaine maladie inventée pour justifier sa décision de rester cloîtré chez lui – est tombée et qu'il se sent parfaitement bien. Il lustre son instrument, pose l'embouchure – une Schilke 14A4a plaquée argent, cadeau de Michel pour ses dix-sept ans – contre ses lèvres, comme il le fait toujours pour se porter chance, sort son costume, sa cravate, ses chaussures noires, ne lui manque que la chemise. Il espère que sa mère l'aura repassée. Il descend l'escalier quatre à quatre en priant pour ne croiser personne. Sa cheville ne le fait plus souffrir. Ou alors, il n'y pense pas. Miracle : la maison est vide. On croirait une partie de cache-cache. Clara n'est pas devant l'ordi du salon, Michel n'est pas en train de préparer un canard aux épices et aux artichauts ou je ne sais quoi encore dans la cuisine, Goneril n'est pas dans l'entrée devant la table à repasser, qu'elle installe toujours à cet endroit malcommode en hiver pour réchauffer le vestibule d'un coup de vapeur brûlante. Seule la chemise blanche est là, sagement suspendue à un cintre, sans un faux pli, sans une tache. Hugo l'enfile en se demandant comment sa mère a su qu'il irait, pourquoi elle repasse encore ses affaires alors qu'il lui hurle dessus à longueur de temps, il se demande aussi, mais moins fort, s'il implorera un jour son pardon, s'il lui dira un jour merci. Cela semble sans urgence. Tout peut attendre. Tout doit attendre, car il faut qu'il aille voir Soren à l'hôpital avant de se rendre à la salle des fêtes pour le concert, le concert de Noël lors duquel il va jouer avec Madeline dont il redoutait tant de croiser le regard. Madeline dont il croyait avoir tué le fils. C'est la première fois depuis l'accident qu'il va la voir, elle, la femme aux seins hauts, la mère de son ami qui est peut-être mort. Mais maman a de l'instinct et maman a dit qu'il s'en sortirait.

Casque sur la tête, Hugo roule dans la nuit, prudemment, pas comme l'autre soir, plus jamais comme l'autre soir. Il regrette d'avoir percé son pot d'échappement quelques mois plus tôt. Sa moto fait un bruit atroce et ridicule. Il pousse un soupir au moment où il se gare sur le parking désert. Seule une voiture est stationnée là. Une femme s'y glisse. Les visites doivent être terminées. Il est trop tard. Lorsqu'il se présente à l'accueil de l'hôpital, un infirmier le lui confirme, mais Fatou N'ga, la cheffe de bloc qui s'est occupée de Soren, passe par là. Elle entend, elle comprend et guide Hugo vers la chambre.

– C'est bien que vous soyez là, lui dit-elle.

– J'aurais dû venir plus tôt, regrette-t-il.

– Pour votre ami, le temps n'existe pas. C'est comme s'il dormait. Plus tôt, plus tard, cela ne veut rien dire pour lui.

Hugo hésite à confier à l'infirmière que son emploi du mot « cela », que tout le monde à part elle abrège en « ça », le bouleverse. Mais ce n'est pas le moment, car voilà que la porte s'ouvre et qu'il voit son ami dans la chambre bleu aquarium.

– Je vous laisse une minute, indique Fatou. Pas plus. Ne vous inquiétez pas, ce n'est pas comme dans les films, quand ils disent qu'il ne faut pas fatiguer le malade, votre ami se repose, que vous soyez là ou pas, mais j'ai rendez-vous avec mon galant. Alors une minute, pas plus. Je compte sur vous.

À l'entrée de la salle des fêtes, Hugo croise Jocelyne qui surveillait l'étude à l'école quand il était petit et disait toujours de Soren et lui : « Ces deux-là, c'est comme des frères. » Il lui fait la bise et elle le serre vigoureusement dans ses bras. Elle le garde ainsi contre elle si longtemps qu'il ne parvient pas à rattraper Madeline qui vient de passer la porte avec Vincent, un des saxophonistes. Il a cru voir qu'ils se tenaient la main. Hugo voudrait se dégager de l'étreinte pour courir après la mère de son ami, lui annoncer que Soren a ouvert les yeux, mais Jocelyne ne le lâche pas. « Je suis si contente, lui dit-elle. Si contente. »

Alors en embrassant cette femme qui n'est pas sa mère, ni la mère de Soren, ni la mère de personne – pour ce qu'il en sait –, mais qui est aussi la maman de remplacement de tous les enfants de l'école du village, cette femme qui lui semblait si grande quand il était enfant et qu'il dépasse à présent de plus d'une tête, il répond : « Moi aussi, je suis content. »

C'était un hiver lumineux et sec où rien ne semblait vouloir mourir. Les rosiers continuaient de porter des fleurs, plus chétives qu'au printemps, moins parfumées qu'en été, aux pétales décolorés presque transparents. Les framboisiers laissaient pendre leurs têtes rouges qui avaient l'air presque honteuses lorsque le dernier éclat du soleil allait les dénicher sous les feuilles. Les oiseaux lançaient leurs cris au cœur de la nuit sans craindre les éperviers, pas plus que les martres. Gorgées de la canicule passée, les mouches poursuivaient leur vol, insensibles au froid qui crispait pourtant la rosée du matin.

Quand Dylan avait contracté une méningite, on avait averti ses parents qu'il allait falloir être forts. Karine et Mehdi, unis sur le tard grâce à un site de rencontre pour amoureux de la musique, ne s'étaient pas lâché la main depuis l'annonce du diagnostic. Ils se nourrissaient, se lavaient, dormaient, faisaient tout ce qu'ils avaient à faire, paume contre paume. À Dylan, le premier soir de son hospitalisation, ils avaient dit, croyant qu'ils étaient sur le point de le perdre : « Tu ne connais même pas toutes les chansons de Stevie Wonder. » Mais contre les pronostics, le garçon avait quitté le service de réanimation et entamé une guérison surprise.

Madame Verrières, victime d'un malaise à la suite d'un contrôle de police quelques mois plus tôt, dormait par intermittence entre les draps de son trousseau de jeune mariée dont on avait paré le lit médicalisé. « Elle ne s'alimente plus », s'inquiétait le médecin. Gabin, son fils, répondait alors : « D'un autre côté, elle ne se dépense pas beaucoup. » Et il ne manquait jamais d'ajouter : « Faire souffler dans le ballon une dame de son âge, on n'a pas idée, tout de même, quatre-vingt-neuf ans. »

Géraldine était montée sur la table de la cuisine pour changer l'ampoule. Peut-être ne s'était-elle pas essuyé les mains assez soigneusement, peut-être qu'un fil s'était dénudé avec le temps, lorsque ses doigts touchèrent la lampe, ils y restèrent collés et son corps fut parcouru de secousses. Boris, trois ans, intenable, avait foncé à bord de son tracteur à pédales depuis le salon, pour aller percuter les pieds de la table dont l'éclat métallique l'attirait. L'impact projeta sa mère à terre. Le médecin des urgences, après avoir diagnostiqué une clavicule fêlée et une fracture du poignet, félicita Géraldine d'avoir un enfant aussi vif. Elle poussa un soupir las, tandis que Boris lui donnait des coups de pied dans les mollets pour tester les baskets lumineuses qu'elle lui avait achetées, la veille, après avoir enduré une demi-journée de plaintes et de caprices.

Valentin, le chat que la rêveuse secrétaire de mairie Mariette Legarni avait baptisé ainsi pour se porter chance en amour, mordait bravement la patte qu'il s'était coincée dans un piège à renard et dont il faudrait bien qu'il s'ampute, avec patience, sans dégoût, buvant à mesure le sang qui s'en écoulait et n'établissant pas de lien entre la douleur qui le faisait trembler d'un bout à l'autre de l'échine et les coups de dents qu'il infligeait à sa chair.

Rien ni personne ne mourait. Ni Dylan ni madame Verrières ni Géraldine, pas plus que le chat de Mariette. Le jour lui-même ne ternissait pas ; il régnait, blanc et mat, de neuf heures à seize heures, avant de répandre sur la nuit un zeste de lumière argentée. « La lune ne décroît pas », disait Dodelin le fossoyeur à Taffanel le terrassier. Et Taffanel répondait : « Non, elle décroît pas, elle croît. En tout cas, qu'est-ce qu'elle est grosse. » Et la lune énorme projetait à terre, sur les mousses qui persistaient malgré les bottes, les silex, les pneus des tracteurs et des autos – tout ce qui, sans le vouloir, les blessait et les écrasait –, les ombres longues des deux hommes en conversation.

Ce n'est pas grave, pensa Sonya en constatant, alors qu'il était temps de prendre la route, que le pare-brise de sa voiture était couvert de givre. Cette phrase, « Ce n'est pas grave », l'avait accompagnée sa vie durant. La première fois qu'elle l'avait formulée, elle s'en souvenait, c'était lorsque sa mère, trente ans plus tôt, lui avait annoncé qu'elles allaient déménager, parce que, tu comprends, ton père est parti et que je n'ai aucune idée d'où il est. On n'a plus d'argent, plus rien, tiens, d'ailleurs je vais vendre nos affaires demain au marché.

En entendant ces paroles, Sonya avait pensé : Ce n'est pas grave. Je n'aimais pas tellement notre appartement. Il sentait le moisi. Quant à son père, elle le reverrait sûrement lorsqu'elle serait grande. Les affaires, elle s'en fichait. Elle n'avait ni peluches ni poupées. Il n'y avait que la jupe jaune soleil qu'elle aimait parce qu'elle tournait quand on faisait une pirouette, et comme elle la portait ce jour-là, elle ne pensait pas que sa mère la lui enlèverait pour la vendre.

– On va aller dans un village. C'est bien, un village, tu ne trouves pas ? On connaît tout le monde et tout le monde nous connaît, lui avait dit sa maman quelques semaines plus tard en venant la chercher à l'école avec une valise.

– On part tout de suite ?

– Tu n'as pas dit au revoir à tes copains, c'est ça ?

Ce n'est pas grave, avait pensé Sonya. Ils vont comprendre que je suis partie. Si j'étais morte, ce serait dans les journaux.

À peine avait-elle ressenti un serrement dans sa poitrine – comme la main de sa mère qui essore l'éponge, sauf qu'à la place de l'éponge, ce serait son cœur – en songeant à Marie-Laurence, sa maîtresse qui lui disait toujours : « C'est bien Sonya », en lui caressant la tête. Parfois elle ajoutait, un ton plus bas : « Tu iras loin. » Et Sonya se voyait elle-même, à l'horizon, au bout de la rue des Arbalètes, aux confins de son quartier, toute petite, presque invisible, ou alors elle s'imaginait le désert du Sahara, qu'elle avait vu en photo dans un livre à la bibliothèque, avec des dunes, des dunes, des dunes encore des dunes et, tout au bout : elle, Sonya.

Avec sa mère, elles avaient fait de l'autostop et comme aucune voiture ne s'était arrêtée, elles avaient dormi l'une contre l'autre dans un fossé, à l'abri d'un arbre. Au milieu de la nuit, Sonya s'était réveillée et avait vu le bout incandescent de la cigarette que fumait sa mère rougeoyer par intermittence. C'était joli. Ce n'est pas grave, avait-elle pensé, qu'on n'ait trouvé personne pour nous emmener. Il ne fait pas froid et Marie-Laurence nous a expliqué que les loups étaient en voie d'extinction.

Le lendemain, elles avaient eu plus de chance, un camion les avait conduites d'une seule traite au village indiqué sur la pancarte en carton accrochée au cou de Sonya. Le chauffeur parlait une langue étrangère que sa maman comprenait et ils s'étaient bien amusés tous les deux.

– Attends-moi là, avait dit maman en montrant un poteau à Sonya, une fois qu'elles étaient parvenues à destination.

Il pleuvait. Mais Sonya avait pensé : Ce n'est pas grave, bientôt nous aurons une nouvelle maison.

À quatre ans, elle avait déjà son visage d'adulte, puissant et déterminé comme l'avant d'un navire. C'était étrange de voir cette tête résolue sur un corps d'enfant. On en était presque dérangé. On se demandait : Qu'est-ce que ce sera plus tard, si petite elle est déjà comme ça ?

Elle gardait les sourcils levés très haut, et ses yeux, d'un brun doré et bordés d'épais cils noirs, absorbaient tout. Ses oreilles, petites, plaquées contre son crâne, couvertes depuis sa naissance d'un duvet soyeux, enregistraient les voix, les noms de lieux, les numéros de téléphone. Son nez en lame de couteau, doté de narines aux ailes si fines qu'on voyait presque à travers, stockait et analysait toutes sortes de données, si bien que parfois, passant devant le rayon laitage au supermarché, elle s'arrêtait brusquement et s'écriait : « Ça sent la maîtresse ! » Peut-être parce que l'emballage en carton des yaourts avait été fabriqué dans la même usine que la boîte de craies qui ne quittait jamais la poche de Marie-Laurence.

La nouvelle maison était constituée d'une unique pièce et

adossée à l'école primaire, en plein centre du village. Sonya trouvait que c'était pratique de dormir de manger et de se laver dans la même chambre, de tout faire avec sa mère et de la voir aussi dans la journée car elle travaillait à la cantine et faisait le ménage dans les classes.

Parfois, Sonya se répétait à elle-même : C'est bien un village, tout le monde nous connaît et on connaît tout le monde. Ce n'était cependant pas tout à fait vrai. Au village, tout le monde se disait bonjour et dans la cour d'école, les petites filles se tenaient par la taille ou par les épaules, elles allaient goûter ensemble et se retrouvaient devant l'église pour jouer, mais personne ne disait bonjour à la mère de Sonya et aucune petite fille ne parlait à Sonya. Elle était la nouvelle et elle était l'étrangère, arrivée de la ville en cours d'année.

Ce n'est pas grave, pensait-elle.

En classe, elle écoutait son maître, monsieur Térence, et aussi les conversations entre les élèves. Ainsi, elle avait appris que Kevin était le cousin de Jordan et que les sœurs Lecroche avaient quatre grands frères dont un en prison et un autre dans la police. Flavian et Virginie, les jumeaux roux comme des cuivres astiqués, copiaient en classe. Ils ne faisaient jamais leurs devoirs et imitaient à la perfection tous les oiseaux du coin.

À la supérette, tout en tenant la jupe de sa mère, Sonya observait les dames qui se croisaient dans les allées et échangeaient des nouvelles. Surtout des mauvaises nouvelles. Untel s'était tué en tombant de la falaise alors qu'il n'avait pas dix-sept ans, tel autre s'était suicidé alors qu'il était père de famille, madame Machin était entrée à l'hôpital pour un orgelet et n'en était jamais ressortie (en fait c'était un cancer, un cancer très grave), monsieur Truc avait tiré sur l'amant de sa femme et l'avait atteint en plein cœur. Les dames se racontaient ces histoires en hochant beaucoup la tête et Sonya avait l'impression que ça ne les rendait pas tristes, au contraire. Quand elles se séparaient pour continuer leurs achats, elles avaient l'air plus fières et plus dodues, comme les poules une fois qu'elles se sont ébrouées.

Six mois après son arrivée au village, Sonya connaissait tout le monde et ce n'était pas grave si tout le monde ne la connaissait pas. Cela ne faisait pas de maman une menteuse.

Ce n'est pas grave, se répéta Sonya en retournant chez elle chercher un broc d'eau tiède afin de faire fondre le givre accumulé sur le pare-brise. Trente ans plus tard, elle avait toujours son visage en proue de navire, de jolies oreilles, désormais semblables à des coquillages nacrés car le duvet de l'enfance avait disparu, des yeux intenses, un nez droit et pointu, mais sa bouche, qui autrefois était toute petite et le plus souvent fermée, s'était épanouie, comme certaines fleurs qui s'ouvrent avec le jour, donnant à son visage autoritaire et presque inquiétant une tendresse ironique.

La nuit venait à peine de tomber. Sonya était en avance. Le trajet ne durerait pas plus de deux heures.

Elle admira le beau travail de l'eau sur les cristaux, la transparence retrouvée et constata avec surprise que ses mains tremblaient très légèrement. Ce voyage à la veille de Noël était le fruit d'une promesse passée entre elle et elle-même. Elle avait cru n'en espérer rien et voilà que son cœur battait lourdement dans sa poitrine, lesté par un espoir fossilisé.

À quoi bon s'inquiéter ? Personne ne l'attendait. Il n'y aurait ni surprise ni déception. Seule la curiosité sortirait victorieuse de cette aventure. Depuis plusieurs années, au moment de Noël, Sonya était tentée de retourner au village. Elle imaginait que la tradition du concert célébrant le début des vacances scolaires avait été conservée et que ce serait un moyen sûr de revoir le plus de gens possible – comme à un mariage où l'on retrouve des cousins éloignés, des amis d'enfance à moitié oubliés. Au mariage il fallait être invité, tandis que le concert était ouvert à tous. La plupart des habitants seraient présents, les plus âgés au premier rang pour mieux entendre, mieux voir, les enfants sur les genoux, les jeunes adossés au mur, parce que malgré les prêts de chaises consentis par l'école, la mairie et le café à l'angle, on manquait toujours de places assises. Personne ne la reconnaîtrait, mais elle reconnaîtrait tout le monde.

Quand elle était passée de l'école maternelle à la primaire, sachant déjà lire et écrire, Sonya avait mis l'été à profit pour établir des listes sur des feuilles récupérées par sa mère dans les poubelles des classes. À l'aide d'un fil et d'une aiguille, elle s'était confectionné un carnet recouvert d'un protège-cahier rouge dans lequel elle notait les noms, les prénoms, les liens de parenté, les métiers. Elle avait également visité le cimetière, munie de son répertoire, pour y intégrer les morts. Le soir, avant de se coucher, elle lisait cette histoire tout en colonnes et en flèches. C'était le seul livre qu'elle possédait. Huguette Moreno, née Lussac, avait partagé la fin de sa vie avec Nestor Améry, tout le monde était au courant, mais leurs tombes se situaient chacune à un angle du cimetière, séparées par de multiples stèles et autant de pierres. On avait casé Nestor avec son ancienne femme qui le battait en le traitant de loque, tandis qu'Huguette avait rejoint ses parents, comme si, parce qu'elle ne s'était jamais mariée, elle était restée une petite fille. Marguerite Dumoncelle avait été la directrice de l'école de filles de 1957 à 1965, une plaque vissée dans les briques à l'entrée de l'actuelle maternelle lui rendait hommage. Valentin Dupré avait eu quatre enfants avec Corinne Duprais et cinq avec Amélie Desprairies. Les neuf enfants figuraient sur le marbre et souhaitaient un bon voyage dans l'au-delà à leur papa chéri. Sonya songeait à cette famille chaque fois qu'elle posait les yeux sur un herbage. Exode Pasquier était mort à cent trois ans. C'était le propriétaire d'une des plus grandes fermes des alentours. Ni Moïse ni Jérémie, ses fils, n'avaient voulu reprendre l'exploitation. Ses petits-enfants vivaient aux quatre coins du monde. Ses arrière-petits-enfants parlaient des langues dont Exode ne soupçonnait pas l'existence. Peu à peu la ferme avait périclité. Aujourd'hui, il ne restait plus qu'une grange abandonnée qui avait mystérieusement survécu à la maison de maître mangée par les ronces et aux étables attaquées par le lierre. Octave Mignon avait toute sa vie été amoureux d'Alexis Vertu, mais ils avaient attendu que leurs épouses soient mortes et que leurs enfants aient quitté le pays pour s'installer ensemble dans une maisonnette au toit à pente unique qu'une glycine avait pris d'assaut. Ils étaient morts le même jour, un 22 mars ensoleillé. Le facteur les avait trouvés à table, mains sur les genoux, face à un café qu'ils ne boiraient jamais. Certains affirmaient qu'ils s'étaient empoisonnés, d'autres prétendaient que c'était une coïncidence. Ils avaient réussi à se réserver un caveau pour eux deux et on disait qu'ils avaient, en secret, économisé toute leur vie pour pouvoir se le payer.

Sonya récoltait les informations selon une méthode aléatoire. Après qu'elle s'était familiarisée avec un nom, une lignée, les détails lui parvenaient comme par magie à l'occasion de conversations entendues au bar-tabac qu'elle fréquentait parce que sa mère fumait tant qu'il lui fallait toujours plus de cigarettes. En rentrant chez elle, Sonya notait les alliances, les séparations, les amitiés, les rivalités, les haines, grâce à de nombreux codes fondés sur des couleurs et des motifs.

Quand elle passa en CE1, elle décida de se lancer dans une mission plus complexe. Il s'agissait d'enquêter sur les musiciens de l'harmonie municipale qui venaient, pour la plupart, des bourgs avoisinants. Ainsi, elle connaîtrait vraiment tout le monde, non seulement au village, mais dans la région.

Les membres de l'orchestre paraissaient respirer d'un même souffle, et Sonya avait choisi de les étudier, de les comprendre et de les imiter parce qu'ils lui semblaient plus parfaitement unis que les mamans à la sortie de l'école ou les paroissiens sur le parvis de l'église. Elle les avait remarqués, quelques semaines après son arrivée, lors d'une cérémonie au cours de laquelle elle avait vu défiler, vêtus du même uniforme, des hommes, des femmes, des enfants, chacun muni d'un instrument de musique et avançant en procession dans le froid venteux de novembre. Ils marchaient au pas, mèches fouettant le visage, doigts rougis par la bise, chaussures trempées par les flaques que leur regard concentré sur la partition ou le chef ne remarquait pas. Le son des trompettes, des clarinettes, des flûtes, des cors, des saxophones, des trombones et des percussions lui avait révélé quelque chose dont elle n'aurait su définir la nature. Cela tenait du mystère et du trésor. Peut-être aussi de la destinée. En les voyant, elle s'était dit : Je veux en être. Je veux un costume, un instrument de musique et quelqu'un à ma droite, à ma gauche, derrière moi et devant moi, qui a aussi un costume et un instrument de musique.

Comme c'était un jour férié, Sonya avait appelé sa mère.

– Viens voir, maman, il y a les musiciens qui passent dans la rue.

– J'entends, ma fille.

– Viens voir, comme c'est beau. Moi aussi je veux une trompette qui joue fort.

– On n'a pas d'argent pour ça.

Sonya s'était aussitôt sentie coupable. Elle ne réclamait jamais rien à sa mère. Elle se contentait de ce qu'elle avait et il ne lui serait pas venu à l'idée de désirer quelque chose qui ne lui appartenait pas déjà. Se mordant l'intérieur de la bouche, elle avait continué de regarder le défilé sans plus rien dire, une larme douloureuse sous la paupière, le menton tremblant.

Plus tard, elle était sortie se promener dans le froid, moitié pour se punir de son extravagance, moitié pour souffrir un peu plus, un peu mieux, car elle était perfectionniste jusque dans le malheur. Mais le malheur ne voulait pas d'elle. Il s'éloignait à chacun de ses pas, l'obligeant à gambader pour le rattraper, si bien qu'elle s'était mise à sautiller dans le jour blanc et désert.

Soudain, elle s'était dit : Ce n'est pas grave si on n'a pas assez d'argent pour acheter un instrument. Je n'ai pas besoin d'instrument. Je serai chef. Et elle était rentrée à la maison sur ses pieds gelés qui étaient devenus deux petites briques insensibles, agitant les mains dans l'air chargé de grésil face à un orchestre imaginaire.

À partir de ce jour, les mercredis après-midi s'étaient écoulés en tête à tête avec une radio dégotée chez les chiffonniers d'Emmaüs. Sonya se l'était payée elle-même avec quelques francs qu'elle avait gagnés en aidant les vendeurs à remballer, les jours de marché. L'appareil était petit, poisseux, mais l'antenne se déployait fièrement et tous les boutons fonctionnaient. La fillette avait passé des heures à étudier les variations entre FM et AM et à voguer d'une fréquence à l'autre pour trouver des stations diffusant la musique qui lui semblait se rapprocher le plus de celle que jouait l'orchestre du village. Allongée sur le ventre, au centre de la pièce – c'est-à-dire sous la table qui occupait presque tout l'espace –, menton au creux des mains, elle écoutait.

Elle avait fabriqué un deuxième carnet, avec d'autres feuilles de papier collectées par sa mère et recouvert d'un protège-cahier noir, dans lequel elle notait les noms des compositeurs et ceux des interprètes. Elle avait saisi le sens de ces deux mots, « compositeur » et « interprète », grâce à Jocelyne, la dame qui s'occupait des enfants à la garderie. Jocelyne était une jeune femme timide et maladroite mais elle aimait les enfants, tous les enfants, sans établir de distinction entre les sages et les turbulents, les malins et les lents, les plaisants et les durs. Elle parlait d'elle-même à la troisième personne, sans affectation, parce qu'elle pensait que c'était plus simple à comprendre pour les petits.

– Tu sais, avait-elle dit à Sonya lorsque celle-ci lui avait demandé le sens du mot « interprète », Jocelyne n'est pas beaucoup allée à l'école, elle ne sait pas tout. Mais Jocelyne a un meilleur ami qui s'appelle le dictionnaire et elle va l'apporter à la garderie et t'apprendre comment on s'en sert.

Sonya avait passé, depuis lors, toutes ses fins de journée à manier le gros volume qui glissait souvent entre ses mains menues. Elle tournait les pages avec respect et émerveillement, s'arrêtait parfois en route pendant qu'elle cherchait un mot, « tonalité » par exemple, et se laissait aller à lire les définitions de ceux d'avant, « tenace », « théocratie », « tirailleur ». Un jour, alors que la maman de Sonya était venue chercher sa fille, Jocelyne avait dit en caressant la tête de l'enfant : « Elle ira loin », et Sonya s'était revue à l'horizon, par-delà les dunes.

Au printemps, tandis que les journées commençaient à rallonger et qu'elle avait la permission de se promener le long de sa rue, elle s'était aventurée un soir jusqu'à la salle des fêtes où l'orchestre se réunissait, et avait assisté à une répétition. Elle avait mesuré les progrès qu'elle avait accomplis grâce à sa radio et au dictionnaire : à présent, elle reconnaissait sans peine les instruments, discernait leur sonorité et comprenait les gestes du chef.

Il n'y avait aucun enfant de son âge dans les rangs, mais elle avait repéré une fille de CM2 qui s'appelait Madeline et jouait du cor. Madeline avait des cheveux dorés très brillants et de belles épaules, ses parents tenaient la boutique de graines et la belle-sœur de sa mère avait une tache de vin sur tout le côté gauche du visage. Deux chaises plus loin, il y avait un garçon qui n'était plus en primaire mais qui venait parfois à la sortie de l'école. Les maîtresses le saluaient. C'était un ancien. Elles lui disaient : « Ça va Vincent ? Tout se passe bien au collège ? » Lui, jouait du saxophone. Il vivait seul avec sa mère et Sonya avait entendu dire à la supérette que son père était mort d'un coup alors que c'était une force de la nature. Elle avait dessiné une petite croix au bout de la flèche pointant vers la case réservée à l'ascendance paternelle. Dans certains cas, c'était bien plus compliqué. Le papa des enfants de la maison orange s'était remarié avec la maman des enfants de la maison au double toit, et le papa de la maison au double toit s'était installé avec la sœur de la mère des enfants de la maison orange. Lorsqu'elle avait dessiné les flèches pour ces familles, Sonya avait dû s'y reprendre à plusieurs fois et la feuille était devenue toute grise à force d'y passer la gomme.

La deuxième moitié de son carnet noir était réservée aux membres de l'harmonie. En espionnant discrètement leurs conversations, elle avait commencé à tracer une carte plus étendue du territoire. Certains venaient d'une petite ville située à vingt-cinq kilomètres à l'ouest. Ils empruntaient la même voiture par souci d'économie. Elle avait longtemps cru que Fanny, une des flûtistes, était la sœur de Bertrand, qui jouait de la clarinette basse, parce qu'ils se ressemblaient énormément, mêmes cheveux drus d'un blond platine, mêmes larges yeux verts un peu trop écartés, même mâchoire légèrement prognathe. Mais depuis qu'elle les avait surpris dans les bras l'un de l'autre, échangeant un baiser sans équivoque, elle avait décidé d'être plus rigoureuse et de ne pas se fier à ses premières impressions.

Le nez presque collé à la fenêtre de la salle des fêtes, elle observait. Elle analysait, outre la provenance des musiciens et les affinités entre eux, la façon qu'avaient leurs yeux de se déplacer sur la partition, de se lever pour observer le chef. Les regards étaient si intenses, si concentrés. Parfois, ils fusaient sur le côté dans un moment de connivence dont elle n'avait aucun moyen de connaître la cause.

Seul un gros bonhomme, assis à l'avant-dernier rang, juste devant les percussions, paraissait ailleurs. Ses yeux ne se posaient ni sur son pupitre, ni sur le chef, et ne rencontraient pas davantage ceux des autres musiciens. On aurait pu le croire aveugle car ses prunelles d'un bleu clair et vif semblaient ne rien fixer, échouées à mi-distance. Cela ne l'empêchait pas de jouer merveilleusement, avec une justesse et une douceur qu'aucun autre instrumentiste ne possédait. Il avait une masse de cheveux bouclés jaune paille qui couronnait bizarrement son front sillonné de trois rides horizontales. Il était si grand, si large que l'euphonium entre ses mains avait l'air d'un jouet.

Sonya ne se rappelait pas l'avoir vu à la sortie de l'église ni devant l'école, pas non plus à la supérette ni au bar-tabac. Pourtant elle était persuadée qu'il habitait le village. Il ressemblait beaucoup à la plus grosse personne du monde, une dame aux yeux bleu clair vivant dans une masure au fond de l'impasse près du cimetière, et qui portait, été comme hiver, des robes à fleurs dont les manches courtes laissaient voir ses bras roses et dodus comme des porcelets. Sonya admirait sa résistance au froid. Comme maman lui avait expliqué que la graisse tenait chaud, elle s'était efforcée de manger davantage pour devenir grosse, elle aussi, parce que ces bras rebondis lui faisaient envie, mais elle s'était rendue malade et n'avait réussi qu'à inquiéter sa mère.

Échouant à établir avec certitude la généalogie du joueur d'euphonium géant, Sonya avait demandé à Jocelyne si elle connaissait le gros monsieur de l'orchestre. Jocelyne n'avait pas répondu. Alors Sonya avait insisté :

– Tu connais tout le monde dans le village et tout le monde te connaît. Est-ce que tu es née ici ?

Jocelyne avait hoché la tête.

– Et le gros monsieur qui joue de l'euphonium, ou du tuba, si tu préfères, c'est un genre de trompette, mais…

– Je sais ce qu'est un euphonium, avait coupé Jocelyne.

Sonya, surprise, avait sursauté. Il y avait soudain tant d'assurance dans la voix de la jeune femme timide.

– Et je sais qui est ce monsieur, avait ajouté Jocelyne quelques secondes plus tard.

– Comment il s'appelle ?

– Il s'appelle Raoul.

– Raoul comment ?

– Raoul Lanversau.

– Pourquoi il est triste ?

– Comment tu sais qu'il est triste ?

– À cause de ses yeux.

– Il est triste parce qu'il est amoureux d'une personne qui n'est pas amoureuse de lui.

Après qu'elle lui avait révélé l'identité du gros monsieur, Jocelyne s'était éloignée de Sonya, sans toutefois lui reprendre le dictionnaire. Quelque chose s'était brisé entre elles, sans violence. C'était comme si l'une et l'autre avaient été prises dans une avalanche de discrétion. Au moindre mouvement elles auraient risqué de faire éclater un secret, si bien qu'une immobilité proche de la sidération les figeait dans un face-à-face muet.

Lorsque Sonya monta dans la voiture, elle fut étonnée par le froid qui y régnait, plus tranchant que celui du jardin. Tout son corps se raidit. Elle consulta son téléphone pour vérifier l'heure d'arrivée prévue. Dans cent dix-huit minutes, elle se garerait aux abords de la salle des fêtes. Elle mit le contact, régla le chauffage, alluma la radio et l'éteignit aussitôt. Elle aurait aimé connaître la raison qui la poussait à retourner en arrière. Plus le temps passait, plus elle en ressentait l'envie, sans savoir ni comprendre ce qu'elle cherchait, ce qu'elle espérait gagner. Parler de retrouvailles aurait été exagéré : Jacques, le chef d'orchestre, n'avait jamais remarqué la petite fille épiant régulièrement les répétitions par la fenêtre. Madeline, la jolie corniste aux cheveux dorés, ne lui avait jamais adressé la parole à l'école ni, plus tard, au collège.

Son premier instrument de musique, Sonya se l'était procuré seule, toujours avec l'argent du remballage au marché. C'était un métallophone aux lames colorées qu'elle avait obtenu pour trente centimes au rayon jouets d'Emmaüs.

Elle avait découvert l'existence des notes grâce à sa maîtresse de CE1.

Astrid Champdorge avait inscrit au programme de la chorale *Do, on dit qu'il a bon dos* et, à partir de là, les choses s'étaient enchaînées avec l'aisance chaotique d'un torrent de montagne. À dix ans et demi, Sonya avait rencontré madame Vanelle, son premier vrai professeur de musique.

Sa mère et elle avaient quitté le village l'été d'avant et vivaient à présent dans la banlieue d'Amiens chez une cousine plus fortunée qui avait engagé maman comme nounou pour ses propres enfants. Madame Vanelle enseignait à toutes les classes du collège Jean Jaurès. Elle n'avait pas immédiatement repéré les talents de Sonya. Ce qui lui était d'abord apparu, c'était son apathie. Elle en avait parlé à ses collègues. Aucun d'eux ne partageait son impression. Cette élève était vive, plutôt en avance pour son âge, elle participait volontiers et ses premières notes étaient excellentes.

Madame Vanelle avait retenu Sonya à la fin de son heure hebdomadaire.

– Tu t'ennuies pendant mes cours ?

– Non.

– Tu aimes la musique ?

– Oui.

– Tu joues d'un instrument ?

– Non… oui.

– Oui ou non ?

– Je joue de plusieurs instruments.

– Lesquels ?

Sonya avait haussé les épaules, trop intimidée pour répondre. Honteuse aussi parce que les instruments dont elle jouait, elle les avait fabriqués elle-même et n'aurait jamais osé les qualifier ainsi. Ils étaient bricolés à partir de cuillères, de gobelets, de morceaux de ferraille, de gravier.

– Tu me montres ?

Sonya n'avait pas vu les larmes emplir les yeux de madame Vanelle à mesure qu'elle lui expliquait comment elle avait fait pour fabriquer son orchestre et parvenir à lire les partitions qu'elle achetait pour trois sous chez Emmaüs, récupérait dans les poubelles ou empruntait à la bibliothèque.

Son professeur l'avait présentée à Rémi Hirsh, qui l'avait prise dans sa classe avant de la recommander à Jordanna Van Gennep et ainsi de suite. Ricochant de professeur en professeur, de classe d'instrument en classe d'écriture, d'Amiens à Lille et de Lille à Paris, Sonya était allée loin, aux confins de la musique, au-delà de la dernière dune, là où l'on n'a pas besoin d'instrument pour jouer. Elle était devenue chef.

Les phares des voitures sur la voie opposée l'aveuglaient par intermittence. L'habitacle à présent surchauffé devenait étouffant. Sonya commençait à avoir faim et elle savait qu'au village il serait impossible de se procurer de quoi manger après dix-neuf heures. Elle fit une halte sur une aire d'autoroute, s'acheta un sandwich en triangle et aperçut son reflet dans une vitre au moment de régler sa note. La reconnaîtraient-ils ?

En empruntant la sortie qui menait à la D 940, route réputée la plus dangereuse du département, elle tenta de retrouver la nature exacte de son serment. Un parfum de revanche s'y mêlait à l'époque où elle l'avait prêté. Elle voulait leur montrer, à ces gens qui se connaissaient tous, qu'elle aussi méritait qu'on la regarde et qu'on la connaisse. Lire son nom sur des programmes ou à l'entrée des établissements qui l'accueillaient n'était jamais parvenu à calmer son inquiétude. Et ce n'était pas parce que la musique qu'elle défendait n'attirait pas les foules. La plupart de ses spectacles se donnaient en milieu carcéral ou dans les écoles. Seul un public captif acceptait de suivre les méandres d'une œuvre qui se jouait presque exclusivement sur des instruments fabriqués par les musiciens eux-mêmes et parfois par les spectateurs. Sa mère y assistait de temps à autre mais elle restait rarement jusqu'à la fin. « Ce n'est pas que je n'aime pas ta musique, tu sais bien, disait-elle à sa fille. Mais une heure sans fumer, c'est trop difficile. »

Dans le fond de la sacoche où elle rangeait ses partitions, Sonya conservait ses vieux carnets, le rouge et le noir, faits de feuilles chiffonnées cousues ensemble, revêtues de noms et parcourues de flèches tracées d'une main enfantine. Le noir renfermait des noms écrits plus lisiblement et rattachés à des instruments de musique par des traits tirés à la règle. Il était parsemé de points d'interrogation ; ses enquêtes concernant les musiciens de l'harmonie avaient tourné court, et chaque fois qu'elle y repensait, Sonya sentait comme un poids posé sur son sternum. Elle n'avait jamais réussi à entrer dans les rangs de l'orchestre. Elle était connue, connue dans son milieu, disons, mais là-bas, au village où tout le monde se connaissait, personne ne se souviendrait d'elle.

Alors qu'elle ruminait ces pensées, sombrant dans l'ennui car elle avait l'impression de ressasser de vieilles plaintes, sa voiture buta violemment contre une masse en travers de la route. Elle donna un coup de volant pour éviter le fossé mais elle eut le temps de sentir sa roue droite s'y enfoncer, avant de redresser sa trajectoire de justesse. De quoi s'agissait-il ? Un sanglier sans doute, percuté par une voiture quelques heures, quelques minutes plus tôt. Une fois qu'elle eut stabilisé son véhicule, elle se rendit compte que son cœur battait beaucoup trop vite et s'arrêta sur un chemin de terre, songeant qu'elle aurait pu mourir en retournant sur les lieux de son enfance. Elle se mit à sangloter. Quelque chose en elle, tendu comme la courroie d'un lance-pierre, venait de céder. Les années de travail, l'épuisement, la lutte solitaire, l'autorité dont il fallait toujours qu'elle fasse preuve avaient été balayés par un motif dissimulé dans le seul coin de sa mémoire qui n'était pas occupé par des suites de notes, des grilles de transposition, des chiffrages complexes.

Ce n'est pas grave, se dit-elle pour tenter de s'apaiser. Ce n'est pas grave. Mais c'était en vain qu'elle se répétait sa phrase fétiche car son esprit s'était fixé, comme secoué par le choc, sur une scène que sa mémoire avait habilement écartée des années durant, peut-être parce qu'elle contrevenait trop sévèrement à sa devise.

L'endroit était si beau à cause de la lumière du couchant qui se reflétait sur l'eau parfaitement étale. Une chaleur anormale régnait depuis une semaine, mais jamais aussi intense que ce jour-là où la route s'était couverte de mirages, comme si l'air avait soudain tourné liquide. À partir de dix-neuf heures, les habitants du village s'étaient dirigés vers la plage, ceux qui sortaient du bureau, rentraient des champs, comme ceux qui avaient passé la journée reclus chez eux. On aurait dit les animaux de la savane se rendant au point d'eau. Avec lenteur, sans une parole, parents, enfants, grands-parents empruntaient le chemin menant à la mer.

Sonya, qui avait alors neuf ans, s'était jointe au troupeau, tenant dans la sienne la main moite de sa maman. Elles s'étaient assises dans leur coin, là où elles avaient l'habitude, un peu à l'écart. Quand Sonya était entrée dans l'eau, un sourire de bien-être était monté à ses lèvres, elle avait avancé en laissant ses doigts effleurer la surface lisse et fraîche de la mer.

Juste derrière la barre de brise-lames se trouvait une petite anse vaseuse, découverte à marée basse, où elle avait l'habitude de ramasser des coquillages. La plupart du temps, les baigneurs dédaignaient l'endroit, même à marée haute, parce que le sable y était collant et que les pieds s'y enfonçaient un peu. Mais ce jour-là, Madeline, la fille qui jouait du cor à l'orchestre et qui était maintenant en troisième, y était avec Goneril, son amie. Elles étaient inséparables et Sonya les enviait. Elle se demandait si elle aussi, un jour, elle aurait comme Madeline une autre fille toujours collée à elle, à qui elle dirait tout et qui lui dirait tout, car ces deux-là passaient leur temps à se parler.

Depuis les rochers, Vincent, un des saxophonistes qui venait d'intégrer le lycée de la ville voisine, les regardait. Ils étaient si beaux tous les trois, les épaules et les cuisses bronzés, les yeux ardents. Un bruit d'éclaboussures avait tiré Sonya de sa contemplation. Un autre garçon, qu'elle ne connaissait pas, avait plongé dans la partie plus profonde du bassin et se dirigeait vers les filles en interrompant son crawl, tous les trois ou quatre mètres, pour ébrouer sa chevelure noire qui envoyait partout autour de lui des perles d'eau s'irisant dans l'or du soleil et créant un éphémère feu d'artifice.

Il se redressa quand il eut suffisamment pied et Sonya admira sa maigreur, sa jolie poitrine de garçon. Des regards s'échangèrent et, bien qu'elle ignorât encore tout de l'amour et du désir, elle fut irradiée par le quatuor incandescent. Il se passait quelque chose entre ces adolescents. Ils se plaisaient. Mais Sonya n'aurait su dire qui, précisément, plaisait à qui.

Elle était à ce point fascinée qu'elle n'avait pas vu Fidel, le petit garçon trop pâle, trop lent, qui faisait rire les enfants à cause de son prénom évoquant, à leurs oreilles, celui d'un chien. Fidel était l'enfant que Jocelyne, la dame de la garderie, avait eu quatre ans plus tôt – peu après l'épisode du dictionnaire –, personne ne savait comment, personne ne savait avec qui, pas même Sonya qui savait tout. Il était là, assis dans l'eau boueuse. Seule sa tête dépassait, semblable à une bouée percée de deux gros yeux d'un bleu vif et clair. La mer, déjà haute, continuait de monter lentement, et l'enfant s'enfonçait dans la vase sans se méfier, indolent et placide.

Ce n'est que lorsqu'il fut complètement immergé que le son des bulles écloses à la surface de l'eau et les quelques faibles clapotis produits par ses bras captèrent l'attention des jeunes gens électrifiés par la chaleur de l'air, la fraîcheur des flots et la hâte de leurs corps qui s'attiraient et se repoussaient, tels des aimants affolés. Ils virent la forme blanche et molle doucement remuée par les flots et comprirent trop tard, distraits par les échardes de lumière et les battement de leur sang, qu'il ne s'agissait pas d'une bâche en plastique blanc, comme ils l'avaient d'abord cru.

Fidel s'était noyé à quelques mètres de Sonya, à quelques brasses des grandes filles et des jeunes hommes. Et c'était grave. Aucun d'eux n'avait osé s'approcher de lui, toucher la masse grotesque. Ils s'étaient enfuis sans avertir personne. Sans en parler entre eux. Refusant d'y croire. C'est seulement quand la sirène des pompiers avait retenti quelques heures plus tard qu'ils avaient songé… Sonya se mordit la joue. Aucun d'eux n'avait pensé : Fidel est mort. Chacun s'était dit : Ce n'est pas de ma faute.

Sonya reprit la route et, tout en perçant l'indigo de la nuit qui avait englouti la bête morte, elle revit l'enterrement. Personne n'avait été convié, mais tout le monde y assistait. Devant le cercueil blanc porté par le maire et le docteur en personne,

Jocelyne vacillait entre les bras qui la soutenaient de peur qu'elle ne s'effondre. L'image était parfaitement nette. Sonya l'avait pourtant effacée avec beaucoup de soin de sa mémoire. Pas un jour depuis l'accident, elle n'avait repensé à la noyade. Dans ses souvenirs, Jocelyne apparaissait toujours comme la gentille dame qui lui avait confié un dictionnaire.

Elle serait en retard pour le début du concert, mais elle ne renoncerait pas. Il lui semblait qu'un nouveau serment s'était superposé à l'ancien, une promesse plus solennelle dont elle ne percevait pas bien les contours mais dont le poids pesait au creux de sa poitrine. Il s'agissait de se souvenir. D'ajouter un nom sur le carnet qui lui avait permis de faire connaissance avec les habitants du village. Un crayon n'était pas nécessaire. La mémoire seule accomplirait ce travail.

Après qu'elle eut franchi le panneau marquant l'entrée du bourg, elle ralentit et un animal en profita pour traverser aristocratiquement la rue. Elle freina pour le laisser passer et vit, s'éloignant sur trois pattes, un chat dont la queue dressée bien haut attestait la vigueur ; estropié mais vaillant. Elle regarda sa montre. Elle arriverait à l'entracte. Ce n'est pas grave, songea-t-elle.

Le long du mur qui entourait le cimetière – elle revoyait tout à présent –, deux silhouettes isolées se dressaient. La grosse dame qui habitait dans l'impasse, avec des cheveux gris bouclés, des yeux bleus tout ronds et une minuscule bouche rouge, était engoncée dans une robe à fleurs qui semblait sur le point d'exploser. Sonya s'était demandé ce qui était le plus embarrassant, les couleurs vives des fleurs, alors que tout le monde portait des vêtements sombres, ou les boutonnières prêtes à craquer. À côté d'elle, paraissant s'effondrer sur lui-même, le gros monsieur aux yeux d'un bleu clair et vif qui jouait de l'euphonium à l'orchestre chancelait. Le même que la dame, en plus grand, en plus gros, en plus jeune. C'est sûrement son fils, s'était dit Sonya. « On est venus en voisins », assurait la grosse dame, avec un drôle d'accent, aux personnes qui passaient près d'eux en sortant du cimetière. « Perdre un enfant, ajoutait le joueur d'euphonium, c'est ce qu'il y a de pire. Enfin, j'imagine. » Il avait l'air si triste. Sonya s'était alors souvenue de l'explication que lui avait donnée Jocelyne quatre ans plus tôt : « Il est amoureux d'une personne qui n'est pas amoureuse de lui. »

Dans un village, tout le monde nous connaît et on connaît tout le monde. Mais certains s'évitent, se brouillent, se séparent, font semblant de s'ignorer et finissent par ne plus se voir, même si un soir, à la faveur d'une brise chargée d'effluves de chèvrefeuille, d'un verre d'alcool, du souvenir d'un émoi ancien ou de l'espoir d'un amour nouveau, les peaux se sont touchées, les corps se sont étreints.

Raoul, à trente ans, ne savait pas comment on fait la cour à une femme. Il connaissait l'expression uniquement par les chansons que fredonnait sa mère avec son accent qui déformait certains mots, les remplaçant par d'autres. Un jour, de retour de la pêche, il avait eu l'idée de porter à la jeune femme qui habitait seule au début de l'impasse du cimetière son plus beau poisson. Il avait d'abord pensé le glisser dans la boîte aux lettres, mais ça ne rentrait pas, alors, pris de folie, il avait toqué à la porte. Jocelyne, la vingtaine, tronc large et jambes maigrelettes, avait ouvert et l'avait dévisagé patiemment, ses sourcils levés dessinant un unique accent circonflexe au-dessus de ses yeux dorés. Elle souriait rarement car il lui manquait une dent de devant, mais quand elle était touchée ou contente, le coin droit de sa bouche remontait vers son oreille, lui peignant une expression taquine malgré elle. Ne sachant que dire à ce grand et gros jeune homme qui se présentait devant sa porte, elle avait lissé sur sa poitrine son pull en jacquard, dont sa mère disait qu'il avait l'air d'une chaussette géante.

Ses parents n'avaient jamais beaucoup aimé Jocelyne. Leur passion, c'était le sport. Le vélo tout-terrain, l'escalade, la nage en eau froide, le badminton. Ils étaient toujours partis à un tournoi. Les week-ends, ils emmenaient la petite avec eux et elle s'enivrait d'ennui et d'effluves de sueur. Elle atteignait ainsi des sommets de lassitude. Elle s'endormait sur les gradins de béton, les gradins de métal, quelquefois au bord du terrain (ses parents avaient participé aux premières compétitions de football mixte). Il se mettait à pleuvoir. On rouspétait dans la voiture parce que ça sentait le chien mouillé. Le chien, c'était elle.

La peau de Jocelyne était constellée de taches de son. Quand elle était enfant, sa mère surgissait parfois dans la salle de bains armée d'un gant de crin pour s'attaquer aux têtes d'épingle pigmentées qui parsemaient la peau de sa fille.

« Tu en a même sur le ventre ! s'étonnait-elle tout en frottant. Et sur les fesses ! »

Elle voulait les effacer, toutes. Elle n'effaçait rien. Jocelyne perdait un peu de peau, mais les taches de rousseur demeuraient.

« Personne n'est roux, chez nous… disait la mère d'une voix rêveuse. Et chez ton père, alors là, encore moins ! » avant de partir d'un grand éclat de rire dont Jocelyne, des années plus tard, continuait d'ignorer la cause.

Raoul trouve ça beau. Il aime aussi les cheveux courts de Jocelyne. « On dirait un garçon », regrettait la mère de Jocelyne. « Un garçon d'étage », ajoutait son père. Et ils riaient de plus belle. Raoul aime tout. Les taches, les cheveux courts, le torse large sur les jambes maigres qui font une silhouette d'échassier. Alors il tend le poisson à Jocelyne qui le prend sans rien dire, sans remercier, légèrement dégoûtée par le contact froid et visqueux de l'animal raide de fraîcheur.

Et chaque semaine, Raoul apporte à Jocelyne le fruit de sa pêche, des daurades au subtil goût de poussière, des maquereaux irisés comme des flaques d'essence, des harengs semblables à des flèches de mercure.

Au bout de quelques mois, parce qu'elle n'en peut plus du poisson, qu'elle a l'impression d'être piégée dans un cauchemar biblique, elle donne à Raoul ce qu'elle pense qu'il attend. La lumière est éteinte. Ni l'un ni l'autre n'est à l'aise avec son corps. Elle se fait l'effet d'une vierge et pourrait affirmer que Raoul l'est bel et bien. Mais peu à peu, un animal en eux leur enseigne comment se placer, leur souffle ce qu'on peut faire de ses mains, et quelque chose se passe. Le lendemain, lorsque Raoul se présente à sa porte, Jocelyne lui dit :

– Je ne veux plus de poisson. J'en ai marre du poisson. Ne m'en apporte plus. Plus jamais.

– Plus de poisson, répète Raoul, hébété. Ah, d'accord. J'ai compris.

Ainsi deviennent-ils, en quelques secondes, de parfaits étrangers.

Quand quelques semaines plus tard, en passant devant la poissonnerie, Jocelyne sent une espèce de mélancolie agréable l'envahir, elle comprend. Elle n'en parle à personne. Elle ne consulte pas de médecin. Rien ne se modifie dans son corps. Ses règles cessent. Tant mieux. Une nuit, dans la grange d'Exode Pasquier, l'enfant sort d'elle, sans qu'elle éprouve la moindre douleur, la moindre joie. Il ne ressemble pas aux bébés qu'elle voit dans les landaus. On le dirait davantage liquide que solide. Il n'est ni rose ni même bleu. Il est blanc, légèrement argenté. Peut-être à cause de la lune. Elle le pose sur son sein et il se met à téter paresseusement.

– Je savais que tu irais loin, fait une voix dans le dos de Sonya alors qu'elle cherche où s'asseoir. Tu ne dois pas te souvenir de moi. Jocelyne. Jocelyne de la garderie. Tu n'as pas changé. Je sais que tu fais une belle carrière. Tout le monde est fier de toi ici. Tout le monde.

Sonya perçoit alors les regards fixés sur elle par Jacques, le chef d'orchestre, et certains des musiciens qui l'ont connue enfant.

Dehors, sous la lune froide, Valentin, le chat que Mariette Legarni, la rêveuse secrétaire de mairie avait nommé ainsi pour se porter chance en amour, se hâte de retrouver son foyer. Courant sur trois pattes, il heurte la chatière de son museau et se glisse dans la chaleur de la maisonnette. Patiemment, sans dégoût, il s'est amputé d'un de ses membres pris dans un piège.

Il souffre encore mais trouve, dans l'allégresse de s'être libéré, un antidote à la douleur.

Comme lui, les habitants du village, réunis dans la salle des fêtes pour le concert de Noël, revivent pêle-mêle peines et joies brassées par la musique, car c'est un hiver lumineux et sec où rien ni personne ne semble vouloir mourir, si bien que pour un temps, seuls les souvenirs, comme des guirlandes colorées dans la nuit, occupent les esprits et font verser des larmes ou monter des sourires.

Remerciements

Merci à tous les membres de l'orchestre d'harmonie de Gonneville-la-Mallet, à ses chefs, Sophie Cressent, Nicolas Simon et Didier Simon qui illuminent mes fins de semaine et me redonnent courage et foi dans l'humanité lorsque certains doutes m'étreignent.

Merci à l'orchestre des jeunes de Gonneville-la-Mallet et à son chef, Nicolas Simon, pour la joie et l'énergie du jeudi soir.

Dans sa première version, ce texte a fait l'objet d'une commande passée par la Scène Nationale de Dunkerque, le Bateau Feu, pour sa saison 2022/2023.

Je remercie Ludovic Rogeau, son directeur, de m'avoir appelée, alors que je me promenais sur un chemin de montagne assez escarpé, pour me demander de participer à son laboratoire de fiction intitulé *Histoires en série.*

Je remercie également toute l'équipe du théâtre, et en particulier Anne Buffet qui m'a accompagnée, avec beaucoup de constance et de douceur au cours de cette « résidence hors les murs ».

Je n'oublierai jamais le jour où Céline Milliat Baumgartner s'est écriée (par écrit) « Mais c'est un roman ! », en lisant les premières bribes issues du laboratoire. Merci à elle d'avoir conçu, avec la complicité de comédiens merveilleux et d'artistes remarquables, une version scénique de ce qui s'appelait alors *Harmonie majeure*. Sans ordre mais avec toute ma gratitude, je cite ceux qui ont donné voix aux personnages, les ont accompagnés en musique, et ont donné une direction artistique à l'ensemble : Adeline-Fleur Baude, Henri Botte, Damien Olivier, Stéphanie Petit, Coline Rage, Marion Zaboïtzeff, Manuel Peskine, Clément Duval-Piednoe et Johanne Huysman.

De la même auteure

Quelques minutes de bonheur absolu
Éditions de l'Olivier, 1993
Points n° P189

Un secret sans importance
prix du Livre Inter 1996
Éditions de l'Olivier, 1996
Points n° P350

Cinq photos de ma femme
Éditions de l'Olivier, 1998
Points n° 704

Les Bonnes Intentions
Éditions de l'Olivier, 2000
Points n° P917

Le Principe de Frédelle
Éditions de l'Olivier, 2003
Points n° P1180

V.W. Le mélange des genres
(avec Geneviève Brisac)
Éditions de l'Olivier, 2004

Mangez-moi
Éditions de l'Olivier, 2006
Points n° P1741

Le Remplaçant
Éditions de l'Olivier, « Figures libres », 2009
Points n° P2439

Dans la nuit brune
Éditions de l'Olivier, 2010
Prix Renaudot des lycéens 2010
Points n° P2686

Une partie de chasse
Éditions de l'Olivier, 2012
Points n° P3079

Comment j'ai appris à lire
Stock, 2013

Ce qui est arrivé aux Kempinski
Éditions de l'Olivier, 2014
Points n° P4108

Ce cœur changeant
prix littéraire *Le Monde* 2015
Éditions de l'Olivier, 2015
Points n° P4380

Le Roi René
(René Urtreger par Agnès Desarthe)
Éditions Odile Jacob, 2016

La Chance de leur vie
Éditions de l'Olivier, 2018
Points n° P5038

L'Éternel Fiancé
Éditions de l'Olivier, 2021
Points n° P5614

Le Château des Rentiers
Éditions de l'Olivier, 2023
Points n° P6238

RÉALISATION : NORD COMPO À VILLENEUVE-D'ASCQ
IMPRESSION : CPI FRANCE
DÉPÔT LÉGAL : AOÛT 2025. N° 2166 (184045)
IMPRIMÉ EN FRANCE